벚꽃과
함께 온
아이

벚꽃과 함께 온 아이

1판1쇄 발행   **2024년 10월 18일**

지은이   김현숙
발행인   이선우
펴낸곳   도서출판 선우미디어
          등록 | 1997. 8. 7 제305-2014-000020
          02643 서울시 동대문구 장한로 12길 40, 101동 203호.
          ☎ 2272-3351, 3352 팩스: 2272-5540
          sunwoome@daum.net
          Printed in Korea ⓒ 2024. 김현숙

값 15,000원

SUN CHEON시 **순천시립도서관**

※ 이 책은 순천시 도서관운영과 〈2024년 시민책 출판비 지원사업〉으로 제작하였습니다.
※ 잘못된 책은 바꿔 드립니다.
※ 저자와 협의하여 인지 생략합니다.

ISBN 978-89-5658-772-1 03810

벚꽃과 함께 온 아이

김현숙 수필집

선우미디어

소소한 일상을 엮은 글모음

세월이 화살처럼 빠르다. 어느새 80 고개를 내다보고 있다니.

대학교에 갓 입학하여 4학년 선배들을 대하고는 '나이가 많아 보이네.'라 생각하고 속으로 웃었는데 내가 금방 4학년이 되고 졸업하였다. 그 후 3년여 교사로 지내는 중에 남편을 만나 결혼했다. 가정과 직장을 병행하면서 세 아이를 낳고 키우느라 정신없이 사는 동안 세월은 잽싸게 흘러 그 아이들이 대학에 가고 졸업하고 각자 제 갈 길로 떠나갔다.

나는 소소한 내 일상을 글로 써보고 싶어 펜을 잡았다. 하지만 쓴 글이 부끄러워 누구 앞에 내놓을 수가 없었다. 마치 내가 벌거숭이로 사람들 앞에 나서는 것 같아서 장독대 뒤에 숨고 싶은 마음이었다. 그렇게 부끄러워하니 글을 잘 쓸 수도 없고 자주 글을 쓰지도 못했다. 상상의 세계도 빈약하고 언어도 충분하지 않다고 생각되어 자꾸만 뒷걸음질 쳤다.

다행히 '백미문학'과의 인연으로 해마다 3편 정도의 글을 쓴 것이 모여서 수필집을 엮을 수 있는 분량이 되었으나 여전히 용기가 나지 않았다. 가까이 지내는 문우들이 책으로 출간하라는 권유에도 나는 계속 망설이며 미루기만 했다. 그러는 중에 순천시립도서관에서 〈시민 책 출판비 지원 사업〉 공고를 보고 용기를 얻어서 그동안의 원고를 정리하고 다듬어서 응모했다.

이 책에는 소박한 내 마음을 표현한 글들이다. 글은 감동적으로 쓰는 것이 중요한데 그런 글도 있고 미흡한 글도 있다. 앞으로 더 좋은 글을 쓸 수 있도록, 많이 읽고 깊이 생각하고 부지런히 글쓰기 공부를 하겠다고 다짐해 본다.

나에게 글 쓸 기회를 주시고 칭찬과 격려를 해주신 임창순, 김지상, 박상주 작가님께 존경하는 마음을 담아 감사드린다. 또 항상 성원을 보내주고 원고 교정도 열심히 도와준 친구 구자인 교장 선생님에게도 고마운 마음을 전한다. 그리고 출판을 적극적으로 도와준 선우미디어 이선우 대표께도 감사의 인사를 드린다.

그동안 내 글의 애독자인 가족들과 친구들에게도 사랑을 듬뿍 담아 한 아름 보낸다.

2024년 9월

一松 김 현 숙

차례

조례호수공원 (2024년 봄)

1 ∴ 금세기 정원

이 세상에 영원한 것이 없듯
그렇듯 정정하고 열정적이던 아버지께서는
남겨진 사람들의 안타까움을 외면하고
하늘나라의 별이 되셨다.
정원에는 아버지의 나무 사랑 정신이 잘 표현되어
소나무를 비롯하여 은행나무, 모과나무, 감나무,
사과나무, 배나무, 복숭아나무, 매실나무, 석류나무 등
각종 유실수가 서로의 자태를 뽐내고 있을 뿐만 아니라
수변 연못이 여러 개 조성되었다.
- 본문 중에서

까치둥지

우리 아파트 옆에 담벼락을 끼고 아카시아가 여러 그루 잘 자라고 있다.

4월 말에서 5월 초에 걸쳐 아카시아가 꽃을 피우면 달콤한 아카시아의 꽃향기가 코끝을 간지럽힌다. 해 질 녘 창문을 열어 놓고 아카시아 향기에 취하면 솔솔 선잠이 들기도 한다.

나뭇잎이 무성할 때는 눈치채지 못하고 있었는데 겨울이 되어 잎을 다 떨구고 앙상한 가지들만 남으니 튼튼하게 잘 지어진 까치둥지가 아주 근사하게 자리 잡고 있지 않은가.

까치 부부가 얼마나 튼튼하게 집을 잘 지었는지 비가 많이 오고 바람이 세차게 불어도 전혀 걱정할 필요가 없는 둥지처럼 보였다. 마치 사람들이 사는 아파트에 견주어보면 50평 정도는 되는 것으로 상상되었다.

그 둥지에는 여러 마리의 까치가 수시로 뻔질나게 들락거리면서 재미있게 살고 있었다. 싸우는 법도 없이 평화스럽게 잘살고 있는 듯하여 무척 사랑스러웠다. 3년 전쯤 그 둥지 옆에 서 있는 은행나무 가지 위에 조그마한 새로운 둥지를 짓기 시작했다.

아마 후손들이 많아지니 분가시킬 다른 둥지가 필요했던 모양이었다. 새로 짓는 둥지는 조금 작고 초라해 보였는데 그 둥지도 더 가꾸고 보수하고 증축하여 튼튼하고 멋진 집으로 자리 잡아 갈 것이다. 큰집과 작은집이 어우러져 사이좋게 살아가는 모습이 흐뭇하고 신비스러웠다.

새들의 둥지는 우리 아이들에겐 재미있는 추억이 깃들어 있다. 아이들이 어릴 때 부산 할머니 댁에 가려면 기차를 5시간 타고 가야 했다. 긴 기차여행이 지루하지 않도록 기찻길 옆에 줄지어 서 있는 나뭇가지 위 새의 둥지를 세어보라고 했다. 아이들은 둥지를 서로 발견하려고 지나가는 나무들을 열심히 관찰했다. 방학 때의 먼 기차여행이 지금은 잊지 못할 추억이 된 셈이다.

나는 50년 년 전에 부모님 곁을 떠나 새로운 둥지를 틀었다. 나의 꿈과 희망과는 달리 아궁이가 딸린 초라한 단칸방의 신혼집이었다. 그때는 젊으니까 겁도 없이 앞으로 잘 살 거라는 희망에 부풀어 있었다. 그런데 얼마나 무모하고 당돌한 생각이었는지 살면서 느끼게 되었다.

아이를 낳고 기르면서 직장생활을 하다 보니 체력은 점점 고갈되고 지쳐갔다. 남편이 5남매 중에서 둘째 아들이었기에 둘이 열심히 노력하면 잘 살 것이라 확신했는데 그건 나의 분홍빛 착각이었다. 시어머님의 계산은 따로 있었다.

시어머니께서는 둘이 버니 한 명의 수입은 달라고 하셨다. 천지가 진동하는 듯한 명령이었지만 차마 거절하지 못했다. 남편은 공부 잘하고 착하고 성실한 효자였다. 나는 남편 마음이 상할까 봐 말 한마디 못 하고 꼼짝없이 복종하는 심약한 새댁이었다. 그때 너무 속상해서 친구에게 하소연했더니 오히려 그 친구의 시어머니는 월급봉투 2개를 모두 달라고 하셨다고 했다. 우리는 서로 마주 보면서 쓸쓸하게 웃었다. 그때의 서러움이 얼마나 크던지 지금도 잊을 수 없다.

월세 단칸방이 내 집으로 바뀌는 데는 나의 피와 땀과 눈물이 함께 어우러져 만들어진 결실이었다. 까치둥지를 바라보면서 그들이 부럽다는 웃지 못할 생각이 들었다.

올해가 결혼 50주년이다. 돌이켜 보면 50년이란 세월은 엄청나게 길고 긴 시간이다. 강산이 5번이나 바뀌는 시간인데 큰 고난이나 역경 없이 웃고 울면서 그런대로 잘 살아온 것 같다.

시아버지의 긴 투병이 어려웠고, 나의 갑상선암 수술이 큰 고난이었다. 그러나 최선을 다해 부모님께 효도하려 노력하였고, 두 딸과 아들이 모두 잘 자라 주었고, 모두 전문직에 종사해서 성실한 시민으로 살아가고 있으니, 무엇을 더 바라랴. 자녀 셋이 모두 출가해서 가정을 이루고 손자와 손녀들이 건강하게 성장하고 있으니 축복받은 인생이다.

　어느새 팔순을 바라보고 있다. 아름답고 행복했던 젊은 시절이 나이와 함께 흐릿해지고 아련한 추억으로만 다가온다. 황혼의 석양은 아름다운데 인생의 황혼은 초라하고 슬프다. 마음을 비우고 편안하게 살아야 한다고 자신을 스스로 달래 본다. 이제는 오로지 건강한 삶이 최종 목표가 되었다.

　세월이 어쩌면 이렇게 빠른지 정말 놀랍다. 내가 팔순을 바라보는 할머니라는 사실이 믿기지도 않고 인정하고 싶지도 않다. 그러다가 거울을 보고 그 속에 비친 내 모습을 바라보면 모든 사실을 깨끗이 인정하게 된다. 그래도 백미에 올릴 원고를 쓰고 있는 것만으로도 대단하다고 스스로 위로해 본다.

(2024)

참새와 허수아비

아, 가을이다. 풍요의 계절, 수확의 계절인 가을이 오면 농부들은 여름에 잘 자라서 알맞게 익은 곡식들을 거둬들이기 위해 무척 바쁜 나날을 보낸다.

참새들도 떼를 지어 몰려다니면서 벼를 비롯한 맛있는 알곡식들을 마구잡이로 먹어 치운다.

참새를 보면 아련한 고향 마을이 생각난다. 초등학교 5학년 초에 중소도시인 마산으로 이사 오기 전에는 아름다운 농촌 풍경 속에서 참새, 허수아비와 함께 가을의 누런 들판의 풍요를 즐겼다.

참새는 우리나라 텃새로 주로 시골에 살면서 사람들과 더불어 생활하고 있다. 조그맣고 귀여워서 같이 놀고 싶을 만큼 사랑스럽다. 비둘기처럼 사람 가까이는 오지 않으면서 일정한 거리를 두고 짹짹거리다가 좀 더 친해지려면 후루룩 날아가 버린다.

농부들은 봄부터 씨앗을 뿌리고 지성으로 농작물을 돌보면서 긴 여름을 보내고, 가을에 추수하려는데 시작도 하기 전에 참새들이 여기저기 우르르 몰려다니면서 곡식들을 맛있게 먹어 치우니 농민들의 마음이 얼마나 안타까울지 충분히 짐작된다.

그래서 허수아비를 만들어서 논두렁과 밭두렁 여기저기에 세운다. 그러나 날렵한 참새들은 허수아비를 요리조리 피해 다니면서 배불리 곡식을 먹고 가을의 풍요로운 잔치를 벌인다.

자유롭게 날아다니는 참새와 논두렁이나 밭두렁에 모자를 쓰고 가만히 서서 오직 불어오는 바람에 따라 이리저리 움직이는 허수아비와는 애당초 게임이 되지 않는 싸움이다. 참새들도 점점 영악해져서 사람과 허수아비를 구별하는 방법까지 알고 민첩하게 움직인다. 허수아비를 아주 우습게 여기며 가을을 즐기고 있다.

서 있는 허수아비가 스마트폰을 보고 있으면 사람이고 손에 스마트폰이 없으면 진짜 허수아비라고 말한다는 유머까지 나돌고 있을 정도다.

올해 가을에는 유난히 비가 자주 왔다. 나는 우리 집 베란다에 있는 의자에 앉아서 하염없이 창밖에 흘러내리는 비를 감상하면서도 추수 걱정을 하곤 한다. 요사이는 기계로 추수하는 시대이다. 논에 빗물이 고여 있으면 콤바인의 진입이 곤란해서 벼 수확을 할 수 없어 안타까워들 한다. 예전부터 농사는 날씨가 도와주어야 한다고 했다.

우리 집 아파트 길 건너에는 원주민들이 옹기종기 모여서 농사를 지으면서 살아가고 있다. 건너편 집 옥상에는 한 할아버지가 자주 올라와 운동도 하고 농작물도 말리곤 하셨다.

어느 날 비가 억수같이 오는데 할아버지는 우산도 없이 캄캄한 밤에 비를 맞고 계셨다. 비뿐만 아니라 바람도 몹시 많이 불었다. 한참 지나도 바람에 흔들리면서 비를 맞고 계셔서 무슨 일인가 하고 자세히 살펴봤더니 할아버지의 모습을 재현한 허수아비였다. 키도 크고 모자를 푹 눌러쓴 것이 밤에 멀리서 보니 아주 비슷한 그 집 할아버지였다.

집 옥상에 왜 허수아비를 설치했을까, 생각해 보니 가을에 추수한 각종 농작물을 옥상에서 건조 시키는데 참새 떼들이 잔칫상이 차려진 줄로 착각하고 파티를 벌이는 걸 조금이라도 막아보고자 설치한 것 같았다.

참깨나 들깨나 조와 수수 같은 곡식은 정말 귀한 알곡식들이다. 국산을 찾아보기 힘들 정도로 추수량이 적은데 그 금쪽같은 알곡식을 한 알이라도 지키고자 하는 안타까운 마음이 느껴져 마음이 짠했다. 꼭 돈이 목적이 아니라 추수가 끝나면 도시에 사는 자식들에게 바리바리 싸 주려고 정성을 다해서 보살피는데 참새들이 먹어 치우니 허수아비라도 설치한 것이었을 게다.

전 세계를 강타한 코로나19 공포에도 전혀 상관없이 묵묵히 계절에 맞추어 농사짓고 열심히 먹거리를 생산해서 우리들의 식탁을 풍요롭게 하는 저 농부들이 정말 존경스럽고 부럽기도 하다.

농민의 적군인 참새 떼와 아군인 허수아비가 더불어 살아가는 무르익는 가을 풍경은 코로나19로 지친 나의 마음을 조금이나마 평화롭게 한다.

참새와 허수아비는 나의 고향이요, 향수다. 나는 둘 다 귀엽고 사랑스럽다.

(2021)

금세기정원

2013년 우리나라에서 처음으로 순천만국제정원박람회가 개최되었다. 이후 정원의 등록에 관한 법률이 개정되면서 가정 정원의 역사가 시작되었다. 모두가 공유할 만한 가치가 있는 아름다운 개인 정원을 국가적 차원에서 지정해 체계적으로 관리하기 위한 제도이다. 그 결과 '금세기정원'은 전라남도 제4호 민간 정원으로 지정된 가정 정원이다.

'금세기정원'은 아버지 존함인 '김자, 세자, 기자'에서 유래된 애칭이다. 죽암 농장에서 생산되는 여러 가지 상품들도 모두 '금세기' 상호를 붙여 '금세기 쌀' '금세기 떡국' 등으로 사용하고 있다.

나는 그것을 접할 때마다 가슴이 찡하고 아버지가 그립다. 아버지가 돌아가신 지는 꽤 오래되었지만, 여러 곳에서 아버지의 영혼과 철학이 살아 숨 쉬는 것 같다. 그곳에는 각종 나무와 연못과 꽃과 과실수들, 아버지가 고생하실 때 사시던 집과 송덕비, 기념관에서 만나게 된다.

아버지의 정신을 곳곳에서 마주하게 되지만 그중 '금세기정원'이 제일 으뜸이다.

아버지께서는 나무를 무척 아끼고 사랑하셨다. 내일 지구가 무너진다고 해도 오늘 한 그루의 나무를 심어야 한다고 외치셨다. 내가 아버지 회갑 때 기념 선물을 해 드리겠다고 말씀드렸더니 선물 대신에 유자나무를 사 달라고 하셨다. 그래서 유자나무 살 돈을 드렸는데 묘목을 사서 집 옆 텃밭에 심고는 열심히 가꾸셨다.

그런데 잘 자라야 할 유자 묘목은 아버지가 사랑을 쏟은 만큼 잘 자라지 못했다. 간척지 땅이라 소금기가 많아서 조금만 가물고 물 수급이 부족하면 말라 죽었다. 지금은 몇 그루만 살아서 그동안의 역사를 대변해 주고 있다.

나는 유자 열매를 얻어서 유자차를 만들어 먹을 꿈에 부풀어 있었는데, 많이는 어렵고 몇 개 얻어서 아버지의 향기를 음미하면서 맛있게 먹은 것 같다. 지금은 그곳에 녹차를 재배해서 녹차들이 잘 자라고 있다. 세월이 흐르면서 간척지의 땅속에 있던 소금기는 모두 없어지고 거름을 잘해서 지금은 순한 토양이 되었다.

아버지는 은행나무를 아주 좋아하셨다. 은행나무는 곧게 뻗은 것이 우아하고 아름다우며 잎새는 의약품으로 유용하게 이용되고 열매는 식용으로 가능하다며 매우 유익한 나무라시며 농장 동쪽 개천 옆길을 따라 수십 그루의 은행나무를 일렬로 심으셨다. 개천 옆 나대지였지만 잘 자라서 지금은 하늘을 찌를 듯한 위용을 뽐내고 있다. 이 은행나무 길은 아버지의 꿈이 느껴지는 멋진 산책길이다.

2002년에는 마을주민들이 아버지의 간척사업 공로를 높이 기려 죽암 농장 입구에 송덕비를 세워 주셨다. 기념으로 아버지께 선물을 해 드리고 싶어서 무엇이 좋으신지 여쭈었더니 송덕비 옆에 모과나무를 심고 싶다고 하셨다. 모과나무 대금을 드렸는데 모과나무를 심고 가꾸고 아끼셨다.

이 세상에 영원한 것이 없듯 그렇듯 정정하고 열정적이던 아버지께서는 남겨진 사람들의 안타까움을 외면하고 하늘나라의 별이 되셨다.

지금은 아버지에 대한 사랑과 존경, 고귀한 뜻을 잘 받들고 있는 장남이 죽암 그룹 회장이 되어 아버지께서 물려주신 정원을 보다 계획적이고 체계적으로 조성해서 지금의 전라남도 민간 정원 제4호인 아름다운 가정 정원을 이루었다.

정원에는 아버지의 나무 사랑 정신이 잘 표현되어 소나무를 비롯하여 은행나무, 모과나무, 감나무, 사과나무, 배나무, 복숭아나무, 매실나무, 석류나무 등 각종 유실수가 서로의 자태를 뽐내고 있을 뿐만 아니라 수변 연못이 여러 개 조성되었다.

그 대표적인 것으로 연꽃 가득한 한반도지형을 본뜬 수변 정원은 그 의미가 깊을 뿐만 아니라 무척 아름답다. 아버지 기념관 3층에 있는 휴게실에서 내려다보면 더욱 멋지다. 연못에는 수련과 잘 어울리게 다양한 물고기들을 키우고 있었는데 정원 옆 개천에 살고 있던 수달들이 물고기 냄새를 맡고 밤마다 슬금슬금 찾아와서 맛있게 먹어 치워서 지금은 연못의 고기들이 모두 수달의 배 속으로 사라지고 황량한 아픔만 주고 있다. 자연의 구석구석에 약육강식이 존재한다는 것을 일깨워준다.

메타세쿼이아 가로수 길과 그 나무 아래 맥문동도 무척 잘 어우러져 산책하는 사람들을 즐겁게 하며 계절을 바꾸어 가며 피고 지는 꽃들도 보는 이를 많이 행복하게 한다.

계절의 여왕인 5월은 '금세기정원'이 가장 아름다운 시기이다. 한반도지형을 본떠서 만든 연못에 꽃창포와 수련이 만개하여 관람객을 더욱 황홀하게 한다. 그 뒤를 이어 장미, 양귀비, 수국 등이 자태를 뽐내고 가을엔 국화와 상사화가 숲과 조화를 이루어 보는 이를 매우 즐겁게 한다. 겨울에는 봄을 기다리는 운치가 있다. 제일 먼저 매화꽃이 봄소식을 전해준다. 개천 옆 벚꽃과 함께 봄임을 자랑한다.

아버지의 정원이 오래오래 잘 가꾸어져서 풍성하고 아름다운 정원으로 거듭나 많은 사람의 사랑을 받으면서 보는 이들에게 기쁨과 즐거움을 전하기 바란다. 언제인가는 나도 하늘의 별이 되겠지만 이런 나의 바람이 헛되지 않으리라 믿는다.

아버지를 존경하고 사랑하듯이 '금세기정원'을 무척 아끼고 사랑한다.

(2023)

숭어와의 데이트

　순천은 도시와 농촌과 바다의 문화가 함께 어우러져 있는 조용하고 아름다운 도시이다. 특히 세계 각국의 정원과 꽃들로 가득 찬 순천만 국가정원으로 유명하다.

　순천의 이웃 도시로는 광양과 여수가 있는데 여수는 오동도와 여수 밤바다가 아주 아름답다. 이 아름다운 가을에 순천만 생태공원의 가을 갈대 모습과 용산 전망대까지 올라가서 바다를 품은 아름다운 전경을 구경하고, 남도의 맛집을 순례하는 재미가 도시문화에 지친 관광객들을 행복하게 해주었는데 작년에 이어 올해도 코로나 때문에 그림의 떡이 되었다.

　새 가슴인 나는 야외라면 괜찮을 것 같으면서도 무서워서 아무 데도 못 가고 집과 동네에서 뱅뱅 돌고 있다. 처음엔 6개월 정도면 끝나려니 했던 게 해를 넘기고 또 한 해를 더 넘기게 생겼으니 정말 답답하고 안타까운 노릇이다. 더욱이 명절같이 휴일이 계속될 때는 어딘가로 탈출해야 할 것 같은 위기감을 느낀다. 서로를 보호하기 위해서 가족들도 만날 수 없고, 유명한 곳은 나를 지키기 위해서 갈 수 없다. 잘 알려지지 않은 조용한 곳을 골똘히 생각하다 10여 년 전 둘째 딸 가족이랑 와온 해변을 산책하고 티롤 978 레스토랑에서 즐겁게 점심 먹은 일이 기억났다.

와온 해변은 노을이 예쁘기로 유명한 순천 관광지이고, 여수에 있는 티롤 978 레스토랑은 바다가 한눈에 내려다보이는 이탈리안 식당이다. 와온 해변이 있는 순천시 해룡면과 티롤 978이 있는 여수시 율촌면은 하나로 연결되어 있어서 걸어서 순천과 여수를 왔다 갔다 할 수 있는 곳이다.

와온 해변에는 반월마을 주민들이 해안 따라 유채밭을 아름답게 가꾸어 놓았고 바닷길 따라 태극기를 50여 기를 꽂아 두어서 애국심이 느껴져 감명 깊었다. 그 길을 쭉 따라 걸으면 내가 좋아하는 해양 데크 길이 바다 위로 설치되어 있어서 마치 바다 위를 걷는 기분을 느낄 수 있다.

물때를 잘 만나면 숭어 떼들을 만날 수 있다. 어린 숭어들은 40~50마리씩 무리를 지어 유영한다. 고것들이 얼마나 예쁘고 귀여운지 잡아서 같이 놀고 싶어진다. 다 자란 숭어들은 넓은 바다 깊은 물에서 날렵하게 유영하면서 태양에 은빛 비늘을 번쩍이면서 점프한다. 한 마리는

7번이나 점프해서 보는 이를 즐겁고 경쾌하게 했다. 코로나로 착 가라앉은 기분이 뻥 뚫리는 느낌이었다. 문득 정약전의 『자산어보』가 생각났다. 유배지에서의 생활이 얼마나 외롭고 힘들었을지 짐작하기는 어렵지만, 무료한 일상에서 벗어나 바다를 자유롭게 돌아다니는 물고기에 매료된 것은 이해가 간다.

나는 물속에서 너무나 자유롭고 즐겁게 헤엄쳐 다니는 숭어와 사랑에 빠졌다. 집에 와서도 침대에 누워 있으면 그 숭어의 날렵한 모습이 눈에 선했다. '내일 또 보러 가는 건 어렵고 다음 주 일요일에 또 보러 가고 계속해서 휴일마다 숭어와 데이트하러 가야지.'라면서 미소 지었다. 숭어와는 짝사랑이라 내 마음대로 보게 되는 건 아니다. 물때가 잘 맞아야지 만날 수 있어서 더욱 안타깝다. 정말 물 반 숭어 반이었는데 물때가 안 맞아서 못 보고 오면 서운했다.

해양 데크길 산책 후 여수에 있는 티롤 978 레스토랑에서 점심을 먹는다. 이곳은 목가적인 외관과 들어가는 입구가 정말 예쁜 레스토랑으로 동화 속에 나올 것 같기도 하다. 서구 유럽풍의 목조 건물인데 넓은 통유리에 개방적인 홀로 멋지다. 정원은 두 개의 단으로 깔끔하게 가꾸어져 있는데 각종 꽃과 나무들로 아름다움을 과시하고 벌과 나비와 잠자리들이 행복하게 날아다니고 있었다.

가끔 식사하러 온 아이들이 함께 어울려 놀 때면 코로나 걱정 없이 마냥 행복하기만 하다. 나는 홀 안에서 먹는 것이 불안해서 나무 아래에 설치된 벤치로 나와서 식사한다. 야외여서 안심이 된다. 그것이 내가 그곳을 계속 찾는 이유이기도 하다.

코로나 끝나고 서울 애들이 오면 함께 이곳에 와서 자연의 아름다움과 멋진 점심과 숭어와의 데이트를 즐겨야겠다.

(2021)

학교 내 텃밭

　우리 학교는 5천 평이 조금 넘는 대지에 숲이 우거진 30년 역사를 지닌 38학급의 학교였다. 교사는 본관과 후관이 모두 남향으로 자리 잡고, 정보화 동이 있으며, 그 뒤쪽으로 60여 평의 공터가 있었다. 나는 쓰레기 더미였던 공터의 쓰레기와 벽돌들을 모두 실어내고 그 자리에 학생들의 학습을 돕기 위한 체험학습장을 만들고자 했다.

　과학 교사들과 환경에 관심이 많은 교사의 협력을 받아서 과학 교과서에 나오는 식물이나 꽃을 키워서 학생들의 학습에 도움을 주고자 하였다. 그런데 그 일은 생각처럼 쉽지 않았다. 체험학습장은 머리와 돈과 노동력이 필요했다. 가장 문제인 것이 노동력이었다. 학습을 목적으로 학생들의 도움을 받고 싶었지만, 그것도 지도교사가 있어야지 가능한 일이었다.

　지도교사도 정말 자기가 좋아서 해야지 누군가의 지시를 받고 하는 것은 불가능한 면적이었다. 그래서 대안으로 나온 것이 스스로 텃밭을 만드는 것이었다. 학교 안에 텃밭이 있고 그 텃밭에서 자라는 예쁜 식물들을 바라보면서 자연의 생태를 학습하는 것도 무척 바람직하리라 믿어졌다. 처음에 텃밭을 교직원들에게 분양하려고 했는데 의외로 희망자가 많지 않았다.

본교에는 럭비부가 있는데 럭비부 감독님이 학생들과 함께 먹거리를 재배해서 아이들의 정서를 순화시키겠다고 했다.

감독님은 텃밭에 감자, 옥수수, 오이, 배추, 무, 파, 갓, 상추 등등을 재배해서 럭비부 학생들에게 농사짓는 즐거움을 안겨주었다. 더불어 수확한 농산물로 학생들에게 반찬을 만들어 먹이는 재미도 쏠쏠했다.

나는 그 텃밭을 자주 보러 갔다. 교내 순시를 할 때, 우울할 때, 또는 외로울 때, 일이 꼬여서 잘 풀리지 않을 때 텃밭에 나가서 사색에 잠기곤 했다. 쓰레기 더미와 잡초로 만신창이가 되어 있던 그곳에서 고물고물 새싹들이 자라는 것을 보면 만 가지 시름이 사라지고 너무나 감격스러웠다.

우리 아이들도 저렇게 예쁘기만 하면 얼마나 좋을까, 하는 탄식의 소리가 튀어나오기도 했다. 미운 짓을 할 때는 미우니 어떡하면 좋으냐고 질문하면서 하염없이 들여다보곤 했다.

두 해가 바뀌고 올해는 새로운 바람이 불었다. 본교가 '좋은 학교 만들기 자원학교'로 지정되어 많은 예산이 배정되니 학교에 활기가 넘첬다. 그중에서 특별한 변화는 새로 부임한 선생님이 문제 학생들과 자원봉사 학생들을 중심으로 텃밭을 잘 가꾸고 학교 화단에 많은 꽃을 심고 가꾸셔서 얼마나 고마운지 가슴이 뭉클했다. 그 이후 그 선생님에 대한 존경심이 생기고 학생들을 더욱 사랑하게 되었다.

(2008)

벚꽃이 필 무렵이면

봄은 매화꽃 소식으로부터 시작된다.

멀리 산등성이에 잔설이 곱게 쌓여있는데도 양지바른 언덕에는 매화꽃이 겨울 동안 북풍에 얼어붙은 우리의 마음을 녹여 주려고 찾아온다.

광양 홍쌍리 매실 농원의 매화꽃이 만개할 시기에는 해마다 매화꽃 축제가 열린다. 그런데 '코로나19'로 3년 동안 축제가 열리지 않다가 올해는 축제가 성대하게 열려서 꽃구경을 나선 사람들로 인산인해를 이루었다는 소식이다.

3월 말경이 되면 매화꽃 향기와 함께 남쪽에서부터 벚꽃이 피기 시작한다. 덩달아 내 마음은 몹시 분주해진다. 하동 쌍계사 벚꽃은 정말 예술이다. 섬진강을 끼고 북쪽과 남쪽에 나란히 뻗은 벚꽃 터널은 자연만이 만들 수 있는 아름다움의 극치이다. 긴 세월 동안 추운 겨울의 냉혹함을 견디고 싹을 틔워 꽃을 피운다는 것은 정말 우리 인간의 힘으로는 불가능한 자연의 섭리다.

하동 쌍계사 벚꽃에 이어 순천에 있는 동천강 양쪽의 벚꽃길도 아름답다. 우리 동네 가로수길 벚꽃도 장관이며 조례호수공원 둘레길 벚꽃 터널도 사랑스럽다. 또 아파트 5층인 우리 집 베란다에서 1층 정원에 곱게 핀 벚꽃을 내려다보는 즐거움은 신의 축복이다.

남쪽에서 벚꽃 질 때쯤이면 나는 서울행 기차에 몸을 싣고 먼 산에 핀 꽃들과 아름다운 연두색 잎 새에 취해서 봄을 만끽한다. 서울에 도착하면 여의도 윤중로 벚꽃을 제일 먼저 만나 봐야 한다.

여의도는 한강 변이라 강바람이 추워서 조금 늦게 벚꽃이 핀다. 그곳은 당산동 우리 집이랑 가까워서 벚꽃이 필 무렵에는 매일 아침 7시쯤 간단한 차림으로 집을 나선다. 윤중로를 한 바퀴 돌면서 신선한 강바람과 연한 풀잎과 벚꽃들에 취해서 즐거운 산책을 하고 집으로 돌아오면 3시간 정도 걸린다. 꽃구경도 하고 운동도 하면서 누구의 방해도 받지 않고 부러운 것이 하나도 없는 나만의 행복에 젖는다.

송파구 석촌호수의 벚꽃도 아름답다. 벚꽃이 필 무렵이면 여고 동창 모임을 석촌호수 주변에서 한다. 꽃도 보고 맛있는 것도 먹고 걷기운동도 하면서 우정도 다지고 추억에 젖어 회포를 푼다. 이렇게 벚꽃이 필 무렵이면 마냥 즐겁고 행복하다.

벚꽃의 절정기에 맞추어 이곳저곳 벚꽃으로 유명한 곳을 부지런히 돌아다니면서 우아한 벚꽃을 구경하고 음미하면서 그 느낌을 마음과 눈 속에 깊이 저장한다. 내년 봄 다시 벚꽃이 필 때까지 꼭꼭 추억으로 간직한다.

벚꽃 터널 길을 걸으면서 하늘을 향해 벚꽃을 바라보는 내 마음은 아주 황홀하고 행복하다. 벚꽃잎이 눈처럼 날려서 내 얼굴에 떨어지면 그 꽃잎을 눈에 넣어도 아프지 않을 것 같다. 눈에도 넣고 입속에 담아서 그 맛을 음미해 보고 싶은 마음이다. 그리고 가슴에도 고이 접어 보관하고 싶다.

우리나라는 굉장히 축복받은 나라다. 사계절이 있어서 자연의 느낌과 맛을 골고루 즐길 수 있다. 6·25의 폐허를 딛고 눈부신 경제성장으로 생활이 향상되어 국민의 삶이 윤택해졌다. 울창한 산과 풍요로운 들녘, 거리의 가로수에는 계절마다 모습을 바꾸어 가면서 갖가지 아름다운 꽃들이 피고 지니 얼마나 행복한가. 계절 중에 봄이 으뜸이다. 나는 봄철에는 가슴이 설레고 미소가 절로 나온다.

벚꽃이 피는 4월은 나에게 일 년 중에서 가장 의미 있는 달이다. 이 세상에서 가장 소중한 내가 태어난 달이다. 엄청난 보릿고개 시절인 4월 새벽에 쥐띠로 태어났다. 그래서 평생 춘궁기 새벽 쥐처럼 부지런히 일하면서 살아야 할 팔자인 것 같다고 어머님이 말씀하셨는데 긴 세월 살고 보니 그 말이 맞는 것 같아서 웃음이 나온다.

또 4월 1일은 나에게 가장 소중한 첫 손자가 이 세상에 태어났다.

대단히 기쁜 일이었다. 몇 년이 흐른 뒤에 4월 5일엔 4명의 손주 중에서 막내인 예린이가 태어났다. 그것도 멀고 먼 미국 땅에서 산통을 다 겪고 결국 제왕절개로 이 세상의 빛을 보게 되어서 아주 의미가 깊고 더욱 사랑스럽다. 4월 7일은 나의 둘째 딸이 이 세상에 태어났다. 둘째 딸이라고 모두 섭섭해했는데 너무나 건강하고 씩씩하게 잘 자라 주어서 고맙고 대견하다.

이런저런 이유로 나는 이 4월을 벚꽃과 함께 무척 아끼고 사랑한다.

내가 무척 좋아하는 이 벚꽃을 앞으로 몇 번쯤 더 볼 수 있을지 마음속으로 조용히 헤아려 본다. 남은 시간의 아쉬움을 가슴에 묻어두고 세월의 흐름은 누구도 피해 갈 수 없다는 것이 진리라는 것을 되새겨 본다. 그러고는 아름다운 벚꽃이 아쉬움을 남기고 저물어 갈 때면 나는 벌써 내년의 벚꽃을 애타게 기다린다.

봄은 또 오지만 나의 지난봄은 한 편의 추억으로 남고 또 다른 새로운 봄이 다가온다. 따뜻한 마음으로 기다려보자.

(2023)

제3의 고향

나의 유년기 고향은 마산이며 청·장년기는 서울에서 살다가 노년기에 들어서 순천에서 살게 되었다. 6년 전부터 남편의 직장 관계로 서울과 순천을 오가면서 살다가 작년 5월에는 아예 서울 집을 세주고 순천으로 이사를 했다. 손자 녀석은 할머니가 이사 가는 것이 이해되지 않고 싫어서 할아버지 회사를 서울로 옮기시라고 투정을 부렸다. 우리 가족들은 모두 웃기만 했다.

순천 생활은 즐겁고 행복했다. 서울과 순천을 들락거리는 것이 너무 힘든데 5년 동안 두 집 살림하다 보니까 약간 지치기도 했기에 안정된 생활이 그리웠다. 순천에 살면서 서울 나들이가 뜸해지니까 친구들이 순천에 놀러 오겠다고 했다. 여수 엑스포 때에 이미 몇 팀이 다녀갔는데, 그때마다 나와 남편이 너무 힘들어서 요사이는 요령을 피우는 중이다. 그러나 여고 동창 친구들이 온다니까 반갑고 설레기만 했다. 그

동창들은 50여 년을 함께 해온 고맙고 아름다운 여인들이다. 마산에서 중·고등학교 시절을 함께 보낸, 나와 그 친구들은 역사가 공존하는 소중한 이들이다. 우리 학교의 교화가 진달래였기에 6명이 모여서 '철쭉회'라는 이름으로 노년의 우정을 쌓아가고 있다.

친구들에게 올봄 4월 중순경에 오는 것이 좋겠다고 했더니, 4월 15일부터 17일 사이에 다녀가겠다고 해서 서울과 순천 양쪽에서 스케줄을 맞추었다.

4월 15일 11시경에 순천 고속버스터미널에 마중을 나갔다. 친구 1명은 캐나다 딸네 집에 가고 없어서 4명만 왔다. 버스에서 내리는데 얼마나 반가운지 모두 얼싸안고 웃었다. 작년 12월에 보고 4개월 만인데 좀 호들갑스럽기도 했지만, 그것이 모두 나이 탓인 것 같기도 했다. 나의 승용차에 정원대로 가득 태우고 순천만 생태공원으로 향했다.

예약해 둔 음식점에서 남도의 음식으로 회포를 풀었다. 남도는 정말 음식 솜씨가 대단하다는 덕담도 나누면서 즐거운 시간이었다. 이어서 순천만 생태공원에 입장하는데 모두 경로라 무료입장이어서 조금 미안하고 즐겁기도 하였다. 금요일이라 사람이 많지 않아서 한가롭게 용산 전망대까지 오른 후에, 아름다운 바다를 구경하고 노래도 부르면서 숲속의 향기에 흠뻑 취해서 내려왔다. 봄이라서 갈대가 한창 자라는 중이라 가을의 분위기와는 사뭇 달랐지만, 연녹색의 아름다움을 마음껏 즐길 수 있어서 무척 좋았다.

생태공원에서 순천의 상징인 순천만 국가정원으로 이동했다. 이곳은 일 년 중에서 4월과 5월이 가장 아름답다. 4월에는 한국관에 철쭉이 조그마한 동산을 가득 덮고 있다. 모든 꽃은 시기를 잘 맞추어야만 그 진가를 만끽할 수 있는데, 다행히 철쭉이 만발해서 우리 모임의 미인들을 반갑게 맞이해 주고 있었다. 철쭉 동산을 지나서 꿈의 다리에 걸린 아이들의 꿈의 그림들을 감상하고 각 국가의 정원을 구경하게 되었는데, 4월 중순경이라 튤립꽃이 곳곳을 황홀하게 꾸며 주고 있었다.

네덜란드 정원의 꽃들은 튤립들의 대잔치였다. 형형색색의 튤립들이 함께 어울려서 모든 사람에게 행복한 미소를 보내고 있었다. 그곳을 지나면 넓은 들판에 유채꽃이 장관을 이루고 있다. 노란 유채꽃 물결들이 너무나 귀엽고 아름다웠다. 보는 사람들의 마음을 모두 긍정적인 시인으로 만들어주었다.

둘째 날은, 아버지의 역사적인 현장을 둘러보기 위해서 아침 일찍 집을 나섰다. 전남 고흥군 동강면 장월리 죽암 농장으로 갔다. 먼저 아버지 산소에 성묘하고, 아버지 기념관으로 자리를 옮겨서 아버지의 역사를 추억에 잠겨서 둘러보았다. 그리고 아버지의 송덕비를 둘러보고 농장의 이모저모를 살펴보면서 산책했다. 간척사업을 완공할 수 있었던 제방을 구경하고, 죽암기계의 실제를 보고 친구들의 감탄을 들으면서 다음 행선지인 송광사로 향했다.

승보종찰 조계총림 송광사는 신라 말 혜린 선사께서 창건하신 이래

보조국사 지눌님을 비롯해 16분의 국사 스님을 배출한 역사 깊은 사찰이다. 해인사, 통도사와 더불어 한국의 삼보사찰 가운데 승보종찰로 꼽히고 있다.

4월 초파일이 가까이 다가오니까 절 입구부터 많은 등이 달려있고, 송광사 마당과 계곡 위에도 등불이 아름답게 진열되어 있어서 굉장히 황홀했다. 불심이 깊은 친구 둘은 열심히 기도했다. 나도 덤으로 따라다녔다.

스님께서 녹차를 마시고 가라고 권하셔서 우리는 차 방에 들어가서 녹차 대접을 받고 차 맛을 음미하면서 잔잔한 행복을 맛보았다. 송광사 앞에서 맛있는 점심을 먹고 낙안읍성으로 출발했다.

낙안읍성에 도착하니 비가 올 것 같아서 서둘러 옛 성의 정취와 구가옥들을 둘러보고 오늘날과 비교해 가면서 재미있게 재잘거리고 다녔다. 우리 일행은 낙안읍성에서 가까운 선암사로 향했다. 선암사는 조계산 중턱에 있는 사찰로서 한국불교 태고종의 총본산이자 대한불교 조계종 제20교구 본사이다.

선암사는 자연환경이 아주 아름답다. 계곡이 깊고 물이 맑고 많으며 숲이 무성하여 보는 이의 마음이 풍요로워진다. 더욱이 4월 중순이라 모든 잎새가 새롭게 자라기 시작해서 마치 아름다운 꽃들처럼 보였다. 조계산은 4계절이 아름다운 산으로 유명하다.

선암사에서 조계산 고개를 넘으면 송광사로 가는 길이 나온다. 등산

객들은 산을 넘으면서 보리밥집에서 휴식을 취하고 송광사로 향하지만 우리는 어림도 없어서 아예 포기하고 선암사 사찰과 풍광을 구경하고 야생차 체험관에서 야생차를 마신 후 서둘러서 주차장으로 내려왔다. 오락가락하던 비가 쏟아지기 시작하고 산사에는 벌써 어둠이 엄습해 오고 있었다.

저녁을 맛있게 먹은 후, 귀가한 우리는 얼굴에 팩도 하고 옛날얘기로 웃음꽃을 피웠다. 그리고 여고 시절 추억담으로 아름다운 밤을 보냈다. 밖에는 소곤소곤 봄비가 내리고 있었다. 비가 밤에 와 주어서 무척 감사하는 마음이었다. 모든 게 우리들의 우정을 배려한 축복처럼 느껴졌다.

셋째 날은, 지리산 구례 화엄사 관광을 끝으로 친구들은 서울행 고속버스를 타고 나에게 이별의 아쉬움을 안겨 준 채 유유히 떠나갔다. 만남과 이별은 항상 공존하는 것이니까 새로운 만남을 기약하면서 여고 동창들과 향기로운 여행은 종지부를 찍게 되었다.

친구들은 나의 제3의 고향인 순천의 풍광과 음식과 '하늘의 뜻에 순응한다.'라는 순천의 분위기를 끝도 없이 칭찬해 주어서 나의 노년을 순천에서 보내게 된 것에 대해서 감사하는 마음이 생겼다.

이곳 순천에서 맑은 공기를 마시고, 예쁘고 아름다운 말만 듣고 보면서 나의 노년기를 건강하고 행복하게 보내리라 다짐해 본다.

(2016)

무궁화와 수국

2023년 4월, 순천만 국가정원에서 국제정원박람회가 열렸다.

2013년에 개최한 이래 10년 만에 새롭게 변신해서 관람객들에게 행복을 선사하기 위해서 순천시 시장을 중심으로 추진위원들이 엄청난 노력을 기울인 결과 4월 첫날 문을 열고 환하게 미소 지었다.

가장 큰 특징은 국가 정원 식물원이 거창하게 모습을 드러낸 것이었다. 식물원은 싱가포르의 수목원을 참고로 해서 조성했다고 하는데 규모는 싱가포르 수목원보다는 작지만 아름답고 쾌적한 수목원이 선보였다.

식물원 안의 폭포는 아름답고 시원해서 포토 존 역할을 톡톡히 해냈다. 또 키즈가든과 노을 정원의 녹색 잔디밭이 엄청 넓게 펼쳐져 있어서 아이들이 뒹굴면서 뛰놀 수 있는 멋진 정원이었고, 해 질 녘 아름다운 노을이 장관이어서 마음마저 평화스러워지는 곳이었다.

작년 국제정원박람회를 기념하기 위해서 7월에 전라남도 주최로 국가 정원 내 순천만 습지 둘레에 무궁화꽃 작품전시회가 열렸다. 전국에서 무궁화를 사랑하는 애호가들이 무궁화를 정성스레 키워서 꽃을 피워 작품전시회에 제출하였다.

무궁화는 나무이기 때문에 조금 자라면 커다란 플라스틱 통에 옮겨 키워야만 한다. 그다음 수형을 잘 다듬어가며 정성 들여 가꾸고 아름답게 꽃을 피우게 해서 출품해야 하니 큰 노력과 수고가 따르는 작업이었다.

그런데도 전국에서 수많은 무궁화 애호가가 가지각색의 무궁화꽃을 피워서 출품하여 그 실력을 과시하였다. 무궁화꽃은 주로 보라색과 흰색이 많은데 여러 색깔의 꽃들이 예쁘게 전시되어 있어서 무척 예쁘고 아름다워서 감격했다.

놀라운 것은 주최 측에서 어린 무궁화 화분을 관람객에게 하나씩 나누어주고 있었는데, 나는 늦게 가서 받지 못해서 많이 서운했다. 꽃 가꾸는 것을 좋아하는데 무궁화 화분은 처음 봤다. 내가 무척 실망하고 서 있으니까 마음씨 고운 천사 한 분이 자기는 두 개를 받았다고 하면서 하나를 나에게 건네주었다. 사양했지만 계속 권하셔서 감사하는 마음으로 받아와서 정성껏 물을 주고 잘 키우고 있다.

그것이 올해 꽃봉오리를 3개나 맺고 차례로 예쁘게 보라색 꽃을 피워서 나를 매우 기쁘게 했다. 조그마한 나무에 핀 꽃송이가 무척 앙증

맞고 사랑스러웠다.

14년 전에 유학하고 있는 아들을 보려고 미국에 갔다. 내친김에 8박 9일 일정으로 미국 동부와 캐나다를 관광하고 시카고행 국내선 비행기를 타기 위해 뉴욕 케네디 공항 근처에 있는 호텔에서 하루를 묵었다. 다음날 비행장에 가기 위해 호텔 밖으로 나왔더니 잘생긴 무궁화 한 그루가 너무나 아름답게 꽃을 피우고 서 있어서 나는 감격해서 가슴이 뭉클했다.

외국 그것도 한국에서 너무나 먼 미국에서 무궁화꽃을 보다니 그 꽃을 심고 가꾸신 분이 존경스러웠다. 시카고에서 아들을 만나자마자 무궁화꽃 얘기부터 했더니 아들도 세 곳에서 무궁화꽃을 봤다고 자랑했다. 세계 곳곳에서 나라를 사랑하는 애국자분들이 많이 계신다는 것에 대해서 존경하는 마음과 자부심이 생기고 내 마음도 애국심으로 가득 채워졌다.

예전에는 무궁화를 학교 정원이나 울타리에서 자주 볼 수 있었다. 정성스럽게 잘 키우면 전 국토를 아름다운 무궁화꽃으로 장식할 수 있을 텐데 점점 소외되고 있는 것 같아 마음이 아프고 쓸쓸하다.

순천시에서는 "순천은 도시가 아니라 정원입니다."라고 외치고 있는데 무궁화꽃은 많이 보기가 어렵다. 그런데 우리 아파트 단지 정원에는 무궁화동산이 있어서 여름이면 시원하게 아름다운 무궁화꽃을 감상할 수 있어서 매우 고맙고 기쁘다. 순천만 국가 정원 내 현충 정원에도 무궁화동산이 있고 동천강 주변에는 무궁화 연구단지 같은 무궁화동산이 여러 곳 있어서 상당히 희망적이고 고무적이다.

꽃도 유행을 탄다. 10년이면 강산도 변한다고 하더니 꽃도 거의 10년 주기로 유행을 타는 것 같다. 요사이는 수국꽃이 굉장히 인기가 좋아서 전국 곳곳에 수국꽃이 만발하고 있다. 작년 여름에 전남 해남에 있는 포레스트 수목원에서 열리는 수국 축제에 갔었다.

포레스트 수목원은 많은 종류의 수국이 만개해 있어서 장관이었다. 올해는 전남 보성에 있는 윤제림 삼림 치유센터에서 열리는 수국 축제를 보러 갔는데 여러 종류의 모양과 다양한 색깔을 자랑하는 수국꽃들이 보는 이들에게 기쁨과 즐거움을 선사했다.

며칠 전에는 부산 해운대에 바다 구경을 갔는데 그곳에도 많은 종류의 수국이 해변 소나무 아래에서 아름다운 자태를 뽐내고 있었다. 수국을 배경으로 관광객들은 열심히 사진을 찍고 있었다.

무궁화도 수국처럼 전국 곳곳에서 아름답게 축제가 열릴 날을 기대해 본다.

(2024)

안양천의 잉어들

우리 가족이 목동 아파트에 입주하면서 안양천과의 인연이 맺어졌다. 입주할 당시만 해도 안양천은 악취가 나서 정말 볼품없는 개천이었다. 비가 많이 내리면 넘치기까지 하고 역겨운 하수도 냄새로 목동의 거주 조건을 열악하게 하는 요인이었다.

우리 집은 2단지인데도 더운 여름이면 안양천 냄새와 난지도 쓰레기 썩는 냄새까지 이중고를 겪어야 했다. 서울시에서 환경정화 사업을 아무리 열심히 해도 안양천이 경기도에서 흘러들어오기 때문에 서울시의 노력만으로는 불가능하다고 했는데, 몇 년 전 경기도 지사가 적극적으로 안양천 살리기에 나서면서 강물이 맑아지기 시작했다.

내가 결혼하고 엄마가 될 마음의 준비도 되지 않은 상태에서 1년여 만에 많은 산고를 겪고 첫딸을 출산했다. 그 애가 예쁘게 자라 주어서 늘 고마웠다. 이어서 둘째를 맞이할 마음의 준비도 없이 또 딸을 낳았다. 그때에야 정말 준비 부족의 재수생 같은 느낌을 받고는 많은 반성을 했다.

처녀 때에는 태몽을 믿지도 않았으며 꿈을 꾸는 일도 없었는데, 두 딸을 낳은 후부터 나는 태몽에 많은 관심을 두기 시작했다. 어른들이 태몽이 잉어이면 아들이고, 붕어이면 딸이라고 했다. 꿈 자체를 부인하면서도 잉어 꿈이 꾸고 싶어졌다. 잉어 꿈에 대한 소망은 그때부터 늘 따라다녔다. 누구의 태몽이든 상관없이 잉어 꿈을 꾸고 싶어졌고, 잉어에 관한 관심이 커지면서 잉어를 사랑하게 되었다.

지난해 여름에 백미문학회 회원들과 문화 체험으로 공주문화원과 석장리 유적지를 답사한 후, 마곡사로 들어가는데 돌다리 아래에 잘생긴 잉어들이 바글바글했다. 정말 물 반, 잉어 반이었다. 잉어는 정말 잘 생겼다. 미끈하게 쭉 빠진 모습이 요사이 TV에 자주 등장하는 꽃미남들 같았다. 꽃미남 잉어들을 실컷 보고 행복해하면서 나는 또 잉어 꿈을 꾸고 싶었다.

두 딸을 시집보내면서 잉어에 대한 사랑은 다시 활기를 띠기 시작했다. 두 딸 모두 전문직이기에 손자를 기다리지는 않았지만, 나는 손녀가 아닌 손자 보기를 원했다. 고리타분하다고 할지 모르지만, 여자가 싫었다. 생리도 그렇고 출산의 고통도 끔찍했다. 피할 수만 있으면 피하고 싶었다. 그래서 또 잉어 꿈에 대한 열망이 생겨서 매일 밤마다 아무리 잉어를 그리워해도 꿈에는 나타나지 않았다.

퇴직 후 한강 사랑과 안양천 사랑은 더욱 가속이 붙었다. 시간적인 여유가 있으니까, 강도 유심히 보고 강가의 억새들도 즐기면서 정말 여유롭고 행복한 나날을 보내다가 어느 날 오목교를 지나면서 무심히 강물을 바라보게 되었는데 다리 밑의 물이 아주 맑은 것이 눈에 들어왔다. 개천의 물이 깨끗하고 수초가 잘 자라서 '정말 아름다운 개천이구나!' 감탄하고 있는데, 사랑하는 잉어가 비늘을 태양에 번쩍이면서 멋지게 헤엄치고 있었다. 가끔 안양천 하류에서 보긴 했지만, 그곳은 물이 탁해서 섬세하게 잘 보이지 않았는데 다리 위에서 내려다보는 잉어의 날렵한 모습은 정말 아름다웠다. 한 마리가 보이더니 계속 여러 마리가 보이기 시작하고, 물속이 전체적으로 잘 보이기 시작했다. 한참 넋을 잃고 바라보니 잉어들이 떼를 지어 다니면서 사랑과 우정을 나누고 있었다.

잉어들이 헤엄칠 때면 어쩌면 저토록 멋지게 잘 생겼는지 정말 부럽기까지 했다. 물도 아주 깨끗하고 수초들도 잘 어울려서 함께 합창하는 모습이 평화스럽고 행복해 보였다. 어떤 아저씨가 지나가면서 잡아 가라고 해서 너무 놀랐다. '절대로 잡으면 안 된다.'라고 외치면서 안양천의 잉어들이 날마다 번성하여 안양천이 물 반, 잉어 반이 되기를 희망해 본다. 그리고 사랑하는 잉어들의 증가에 비례해서 나의 잉어 꿈이 실현될 날을 기대한다.

(2010)

할미꽃

엊저녁부터 조용조용 비가 내리고 있다. 자꾸만 창밖을 내다보면서 비가 그쳐주기를 기원하지만, 이제는 줄기차게 내린다.

모내기도 해야 하고 각종 밭작물도 키워야 하기에 농부들에겐 간절히 기다리는 비지만 내일만은 비가 내리지 않기를 기원한다. 얼마 전에 시집간 딸아이의 결혼식 때도 비가 올까 봐 걱정했고, 학교 소풍날과 사생대회, 운동회 때에는 비가 오지 않기를 기도하곤 했다.

내일은 학부모들과 체험학습을 떠나는 날이다. 그동안 우리 학교의 학부모 행사 때마다 비가 오곤 했다. 학부모 총회 때도 비가 와서 학부모님들께 죄송했다. 또 4월에 가진 학부모 진로지도 연수 때도 비가 왔다. 그날 "비는 만물의 근원이며, 교장이 비를 좋아하니까 행사 때면 비가 온다."라고 둘러댔긴 했지만, 내일 또 비가 오면 무어라고 둘러대야 할지 걱정이다. 내일은 강원도 횡성까지 가야 하는데 빗길에 교통

사고라도 날까 봐 걱정이 태산이다.

대학 다닐 때는 영화나 대중가요에 '비'에 관한 제목이 많았다. 서울로 유학 와서 외롭던 대학 시절이어서일까, 비가 내리면 창밖 풍경을 내다보며 마시는 커피 한 잔, 책을 읽으면서 행복하였다. 대학로와 명륜동 거리에는 봄비를 흠뻑 맞고 있는 노란 개나리의 색깔이 너무 곱고 청순해서 살짝 깨물어 주고 싶기도 했었다.

학교 다닐 때는 그렇게 좋아하던 비였지만, 어른이 되고는 점점 비가 곤란스럽고 싫어졌다. 학교에서 가르치는 학생들의 교사, 자식을 둔 어머니가 되고 보니 우리 아이들이 학교에 오갈 때 맞게 될 비가 달갑지 않게 되었다. 나의 반 학생들과 내 자녀들이 비를 맞으며 귀가하는 일이 걱정되고 안타까워졌다.

둘째 딸은 조금 특이했다. 그 애는 항상 접는 우산 하나를 가방에 넣고 다닌다고 했다. 정말 지혜로운 아이이다. 그런데 그 아이보다 한 수 위인 친구는 무엇 하러 힘들게 우산을 가지고 다녀? 우산 가지고 다니는 친구를 두면 된다고 했다니 정말 우리 딸보다 더 똑똑한 아이라는 생각에서 웃음이 나온다.

그 딸이 결혼하여 아이를 낳아서 예쁘게 자라고 있다. 만 세 돌이 지났는데 말도 잘하고 축구도 잘하고 아주 깜찍하고 귀여워서 정말 눈에 넣어도 안 아플 것 같은 녀석이다. 이 아이랑 같이 친정인 고흥의 죽암 농장에 놀러 갔다. 그날도 마침 비가 부슬부슬 내리는 날이었다.

아버지의 유지를 받들어 큰동생이 죽암 농장을 경영하고 있는데, 동생의 경영 능력이 뛰어나서 점점 발전하고 있다. 농장에는 각종 꽃과 야생화가 자태를 뽐내면서 아름답게 피어 있다. 그중에서도 나의 마음을 가장 사로잡는 것은 비를 많이 맞아 더 고개를 푹 숙이고 피어 있는 할미꽃이었다.

할미꽃은 도시에서 보기 어렵고 또 할미꽃이 한창 예쁘게 피어 있었지만, 꽃 머리를 푹 숙이고 있는 모습이 측은하게 느껴졌다. 세 살짜리 손자에게 '할미꽃'이라고 특별히 일러 주었더니, 첫마디가 '할비꽃'은 어디 있느냐고 해서 모두가 한바탕 웃었다. 왜 할아버지 꽃은 없을까, 정말 나도 궁금했다. '이게 창의력이구나' 감탄했다.

우리 조상님들이 '어머니 – 할머니'로 불렀으면 '아버지 – 할버지'로 불렀어야 이치에 맞을 것 같고, 또 '아버지 – 할아버지'로 불렀으면 '어머니 – 할어머니'로 불러야 맞다는 생각을 해 본다. 아기가 말을 배울 때 '할머니, 할아버지' 발음을 무척 어려워해서 그 말을 배우느라 많은 시간이 걸리지 않던가. 아기들이 대부분 시작은 '할미, 할비'라고 부른다. 그 말이 훨씬 경제적이고 합리적인 것 같다.

'할미꽃'이 있으면 '할비꽃'도 있어야 할 게 아니겠는가. 할비꽃은 도대체 어디에 있을까? 왜 할비꽃은 없는지 나 역시 궁금하다.

나는 새로운 세계의 할비꽃을 찾아 여행 떠날 준비를 하고 싶다.

(2010)

2 : 아버지의 천국

농장은
계절 따라 아름다운 꽃들로 아버지의 천국을 이룬다.
봄마다 매화꽃이 만발하는데
아버지 기념관 앞의 홍매화는 봄을 알리는 전령사로서
너무나 아름답게 꽃을 피운다.
이어서 많은 꽃이 연달아 피기 시작하는데,
할미꽃과 진달래꽃, 영산홍꽃이 만발하고,
5월에는 작약과 양귀비꽃이 활짝 피어서
그 아름다움이 절정을 이룬다.
여름엔 수련과 연꽃이 보는 이의 마음을 행복하게 하고,
가을에는 감과 유자가 주렁주렁 매달려
결실의 계절임을 실감 나게 한다.
- 본문 중에서

고마운 숙제

아직도 겨울이 머무는 쌀쌀한 봄날, 큰딸의 아이 민영이와 작은딸의 아이 태현이가 동시에 초등학교에 입학하게 되었다. 기쁨 반 두려움 반으로 나는 손녀 손자의 입학을 진심으로 축하해 주었다.

큰딸은 민영이를 낳고는 출산 휴가에 이어서 1년간 휴직하고 오직 육아에만 전념했다. 그런데 둘째 딸은 사정이 좀 달랐다. 휴직은 상상할 수도 없고 오직 병원 일에만 전념해야 하는 처지였다. 태현이는 태어나서 6주라는 짧은 시간 동안만 엄마의 보살핌을 받다가, 그 이후는 친가와 외가를 들락거리면서 할머니 두 분의 손길에서 자랐다. 나는 직장에 다녀야 해서 한동안 낮에는 외할아버지가 돌보기도 했다. 그래도 그 아이는 건강하게 무럭무럭 잘 자라 주었다. 친가와 외가에서 많은 친인척의 사랑을 듬뿍 받으면서 행복한 모습으로 자랐지만, 낮 동안 엄마와 함께하지 못하는 아쉬움은 늘 따라다녔다. 그 귀여운 녀석이 학생이 된다고 생각하니 입가에 살며시 미소가 번졌다.

우리 아이들이 자랄 때는 엄마가 직장맘인 관계로 몇 가지 규칙이 있었다. 그중 하나가 입학식은 혼자 참석하고, 졸업식은 부모가 참석한다는 것이었다. 세 아이가 초·중·고·대학교를 입학식 때는 언제나 혼자 갔다. 그러나 졸업식 때는 반드시 부모가 참석했다. 그것도 처음부터가 아니라, 졸업식이 끝날 때쯤 가서 졸업을 축하하고, 점심을 함께 먹은 후 엄마 아빠는 다시 직장으로 갔다. 우리 아이들은 엄마가 공직인이어서 모두 그 정도로 만족했지만, 엄마인 나는 늘 미안하고 가슴이 아렸다.

요사이는 노동법과 정서가 많이 변했다. 태현이의 입학식 때는 엄마와 아빠가 모두 참석하고 친가의 어른들도 오신다고 했다. 민영이는 엄마가 아예 1년간 휴직을 하고, 입학식 때부터 1년간 아이만 돌보기로 해서 나는 한결 편안한 마음으로 태현이를 돌볼 수 있게 되었다. 몸은 하나인데 마음은 여러 갈래로 왔다 갔다 했는데 정말 노동법이 고맙기만 했다. 내가 아이를 기를 때는 출산 휴가 4주가 전부였을 뿐만 아니라 인구 증가 억제 정책으로 정말 눈치를 보면서 아이를 낳았는데, 길지도 않은 세월 동안 많이 변했다.

두 손자 입학식 날, 나도 시니어 요가 입학식에 참석했다. 시니어 요가는 국민 건강보험공단에서 운영하는데, 65세 이상만 입학이 가능해서 한참 기다리다가 드디어 입학하게 된 것이다. 요가 선생님이 마음에 들어서 기뻤다.

민영이와 태현이의 학교생활은 무척 즐겁고 행복하게 진행되었다. 나의 요가 수업도 아주 재미있었다. 키가 크고 날씬한 요가 선생님은 가르치는 말씨가 고왔다. 어른을 공경하는 마음이 말과 몸짓에서 항상 묻어나왔다. 민영이 담임선생님과 태현이 담임선생님도 정말 좋으신 분이다. 민영이 등하교 지도는 엄마가 담당하고, 태현이 등교는 아빠가 담당하고, 하교는 외할머니인 내 담당이었다. 하교 시간이면 나는 늘 학교 정문에서 태현이를 기다린다.

할머니와 손자는 초등학교 정문 앞에서 반갑고 기쁜 상봉을 한다. 아이가 학교생활을 무사히 잘했을지 항상 걱정하면서 아이를 기다리고 맞이한다. 아이의 표정에서 모두를 읽을 수 있다. 아이는 늘 즐겁고 행복해 보였다. 선생님에게 항상 감사드리는 마음이다. 감사의 표시를 하고 싶지만 요사이는 가만히 있는 것이 도와드리는 것으로 생각하고 마음뿐이다.

아이가 하교해서 집에 들어오면 제일 먼저 챙기는 것이 숙제이다. 손을 씻게 하고 간식은 숙제하면서 먹는데, 하루의 일정이 빡빡하여 한가하게 놀면서 간식을 먹을 시간이 없다. 조금 웃기는 이야기이지만 그것이 오늘날 초등학생들의 현실이다. 어찌 보면 즐거운 비명 같기도 하다. 에디슨은 "천재는 1%의 영감과 99%의 노력으로 만들어진다."라고 말했다.

우리 태현이 선생님의 숙제가 정말 고마워 나는 알림장을 열고 숙제를 볼 때마다 행복한 미소로 입이 귀에 걸린다. 나는 아이 몰래 행복하게 웃는다. 길거리를 걸어가면서도 숙제만 생각하면 미소와 함께 내 마음에 행복의 물결이 넘실댄다. 그 숙제가 뭔고 하면 '부모님 말씀 잘 듣기'이다. 나는 그 숙제에 동그라미만 하면 된다. 유치한 숙제 같지만 그 위력이 대단하다. 그 숙제가 나오면서부터 아이는 더 착해지고 말도 잘 듣고 말도 곱게 하고 100점짜리 초등학생이다. 그다음 숙제는 '동생이랑 사이좋게 지내기'다. 동생을 사랑하지만, 가끔 자기주장을 앞세우기도 했는데 그 숙제 이후로 동생에게 많이 양보하고 배려한다.

또 그다음 숙제는 '스스로 공부하기'이다. 태현이는 받아쓰기 공부도 혼자서 척척 잘해 낸다. 마지막 숙제는 책 읽기이다. 그래서 하루에 한 권 이상은 반드시 책을 읽는다. 요사이는 줄넘기 숙제와 강낭콩 기르기가 추가되었다. 지·덕·체 숙제가 하모니를 이루는 것 같다. 건강하게 잘 자라줘서 고마운데 학교생활도 잘해주어서 기특하고 대견스럽다. 할머니는 옆에 있으면서 간식이나 챙겨주는 정도이다. 너무너무 행복해서 선생님께 감사하는 마음이 넘쳐난다.

선생님의 영향력은 위대하다. 6·25 이후 우리나라가 이렇게 발전할 수 있었던 것도 국민의 교육열과 선생님들의 희생적인 노력 덕분이라고 나는 평가한다.

(2013)

아버지의 천국

아버지와 나는 세상에서 가장 사이좋은 부녀지간이었다. 주변 사람들이 모두 인정하는 사실이었다. 나는 아버지를 신뢰하고 존경했으며 돌아가신 지금도 변함없다. 아버지는 대단하지도 않은 딸 자랑으로 입에 침이 마르실 지경이었다. 나는 아버지의 사랑에 보답하고자 최선을 다해서 열심히 살았다.

아버지는 일제강점기 때 몰락한 양반 집안의 둘째 아드님으로 태어났다. 너무나 가난하고 먹을 것이 없어서 큰아버지와 아버지는 어릴 때부터 남의 집 일을 하면서 가족의 생계를 꾸려나가야 했다. 할아버지는 몰락한 지식인으로서 풍월을 즐기면서 술을 좋아하고 소가까지 두고 가정 살림을 돌보지 않으셨다. 그 당시의 양반계급은 생계를 꾸려갈 방법을 몰랐고, 또 체면 때문에 생업에 뛰어들지 않았기에 그 대가는 고스란히 자녀들의 몫이었다.

아버지는 이런 환경의 영향으로 어릴 때부터 땅에 대한 애착과 식량에 관한 간절함이 눈물겹도록 대단하였고, 배움에 대한 갈망으로 목말라하셨다. 그리고 일제강점기하의 서러움까지 겹쳐서 나 혼자 잘 사는 것만이 아니라 국가가 부강해지고 국민이 배불리 먹고사는 데 대한 소망이 남달리 강하셨다.

아버지의 이런 열망이 간척사업에 관심을 가지시는 동기가 되었다. 바다를 메워 논을 만들어서 농민들이 농사를 지어서 배부르게 밥을 먹을 수 있도록 하겠다는 이상을 품고 계셨다. 이런 아버지의 이상은 현실감이 없고 황당한 발상이라고 나와 가족들은 심하게 반대했다. 그렇지만 누구도 아버지의 꿈을 막지는 못했다. 그 당시 현대건설 같은 대기업에서나 가능한 일이었다.

현대건설이 망가진 배에 돌을 싣고 바다의 둑을 만든 일은 꽤 유명한 얘기인데, 개인이 그렇게 할 능력이 없는 것은 너무나 당연한 일이었다. 대기업이 아닌 개인이 간척사업으로 집안이 망하는 건 불을 보듯이 뻔했다. 바다에 돌을 쏟아부어서 둑을 만들어야 하는데 아버지가 무슨 돈으로 그것을 완공할 수 있단 말인가. 내가 고등학교 1학년 때 시작한 간척사업은 고3 때는 완전히 망해서 빚더미에 올라앉았고, 아버지는 채권자들 등쌀에 피신하시다시피 했다. 처음부터 무리한 계획이었고 불가능에 가까운 일이었다.

아버지는 생활의 근거지였던 경남 마산을 떠나 전남 고흥만에서 이상을 불태우다가 중도에 포기하고, 서울로 오셔서 다시 다른 일을 시작하셨다.

상계동에서 벽돌공장을 하고, 인천의 돌산을 사서 돌 장사를 하면서 집을 지어서 팔기 시작하셨다. 아버지의 사업 능력은 항상 뛰어나셨다. 서교동에 집과 자가용을 사는 등 가정 형편이 좋아졌다. 그대로 살면 온 가족이 함께 오순도순 행복하게 살 수 있는데, 아버지는 그동안 포기하고 미루어 두었던 이상향에 대한 꿈을 이루기 위해 모든 가산을 정리하고 다시 고흥만의 갯벌로 향했다.

그때는 큰아버지와 작은아버지, 고모 등 모든 가족이 총동원되었다. 나는 학교에 있어서 나와 학교에 다니는 동생들만 빼고는 모두 힘을 모아 총력을 기울였다. 태풍이라도 오면 나는 밤새워 애를 태웠다. 둑의 돌을 모두 파도가 무너뜨릴까 봐서 우리 가족들은 염려와 근심이 그칠 날이 없었다. 그래도 가장 마음고생 한 분은 역시 아버지셨고, 그다음이 어머니셨다. 아버지의 국가 사랑이나 농토 사랑은 항상 가족 사랑 위에 있었다. 그래서 엄마와의 불화가 자주 일어났다.

각고의 노력 끝에 간척사업은 완공되었지만 당장 돈이 되는 건 아니었기에 가족들의 고생은 여전했고 어렵고 힘든 나날이 이어졌다. 그러나 세월이 흐르면서 농사를 짓고 추수를 하게 되면서 조금씩 안정을 찾았고, 지금은 50여만 평이 농토로 변해서 쌀 생산을 하고 있다. 봄이면 온 들판이 모판으로 변하고, 모내기가 이루어진 후에는 온 들판이 초원을 이루고, 가을엔 황금 들판으로 변해서 풍요로움을 자랑하고 있다.

아버지는 그 간척지에서 해 뜨면 나가서 일하시고, 어둠이 온 들판을 깜깜하게 덮어야만 집으로 돌아오시곤 했다. 일하는 사람들은 퇴근 시간만 되면 대부분 귀가하지만, 아버지는 언제나 제일 마지막까지 일하셨다.

7년 전 아버지께서 가을 추수를 끝내시고 감기몸살인 줄 알았는데 감기가 아닌 쓰쓰가무시병이었다. 제대로 손도 못 쓰고 20여 일 중환자실에 계시다가 84세를 다 채우지 못하고 이 세상을 하직하셨다. 요사이는 인명은 재천이 아니라 재인이라고 한다더니 아버지도 처음 의사를 잘 만났으면 그렇게 허무하게 돌아가시지 않았을 것이다.

마음의 준비 없이 아버지를 보내야 하는 가족들의 애통함은 이루 말할 수 없었지만, 고종명하신 아버지의 운명을 처절하게 받아들였다. 지금도 자전거를 타고 논두렁을 누비시는 모습이 눈에 선하며, 새벽이면 논어를 읽고 쓰시는 아버지의 근면성과 향학열에 존경을 표한다.

아버지가 떠나시고 몇 년 후 어머니마저 우리의 곁을 떠나셨다. 아버지의 뒤를 이어 첫째 동생과 둘째 동생이 아버지 사업을 이어받아 농장과 건설의 경영에 적극적으로 뛰어들었다. 동생들의 경영 능력은 아버지의 능력을 훨씬 뛰어넘었다. 지금은 농장이 각종 농작물과 나무와 꽃들이 아름다운 자태를 뽐내고 있다. 정말 아버지의 천국이 이루어진 것이다.

올해는 윤달이 들어서 이장이나 비석 등의 상례와 제례에 관한 일을 하면 좋다고 전해지는 관례대로 아버지 무덤에 비석을 세우고, 지난 5월 19일에 비석 제막식과 함께 죽암 그룹 차원의 체육대회를 했다. 아름다운 5월의 태양과 신록 아래 아버지의 뜻을 기리는 친지들과 지인들이 모여서 식품공장에서 나온 막걸리와 떡으로 덕담을 나누는 모습은 무척 평화롭고 행복해 보였다. 윤달이 계절의 여왕인 5월에 들어서 매우 다행이었다.

농장은 계절 따라 아름다운 꽃들로 아버지의 천국을 이룬다. 봄마다 매화꽃이 만발하는데 아버지 기념관 앞의 홍매화는 봄을 알리는 전령사로서 너무나 아름답게 꽃을 피운다. 이어서 많은 꽃이 연달아 피기 시작하는데, 할미꽃과 진달래꽃, 영산홍꽃이 만발하고, 5월에는 작약과 양귀비꽃이 활짝 피어서 그 아름다움이 절정을 이룬다. 여름엔 수련과 연꽃이 보는 이의 마음을 행복하게 하고, 가을에는 감과 유자가 주렁주렁 매달려 결실의 계절임을 실감 나게 한다.

아버지와 어머니는 피땀으로 이룬 두 분의 천국에 편안히 자리 잡으시고, 4계절 아름다운 자연과 벗하면서 2천여 마리의 소 울음소리를 노래 삼아, 밤낮없이 농장 위를 훨훨 날아다니시면서 행복한 미소를 머금으실 것이다.

(2012)

김치 국밥

아버지는 늘 논두렁 위에서 죽는 것이 소원이라고 말씀하셨다. 처음
엔 그 말씀이 이해되지 않았다.

20여 년 전 중학교에서는 학기 초에 교사 수급이 잘 안 맞을 때는
비슷한 교과끼리 서로 지원하기도 했다. 국어 교사가 한문을 가르치기
도 하고, 사회 선생님이 도덕을 가르치기도 했다. 나는 학교 형편상
도덕 수업의 일부를 맡아 달라는 부탁을 받고, 2학년 도덕을 1년간 가
르쳤다. 교재 연구를 하는 중에 '오복'이란 단어를 접했다. 나는 이가
오복 중의 하나라는 것만 알고 있어서 사전을 찾아보았다.

오복은 '수(壽) 부(富) 강녕(康寧) 유호덕(攸好德) 고종명(考終命)'의
다섯 가지 복이었다. 그중에서 '고종명'이 눈길을 끌었다. 고종명은 죽
을 때 편안하게 죽는 것을 뜻함이었다. 그때 나는 젊었기에 죽음에 관
한 생각은 별로 아니 해봤기에 죽을 때는 당연히 편안하게 죽는 줄로

알았다. 친부모님과 시부모님께서 모두 생존해 계셨고 누군가의 임종을 지켜본 일도 없었기 때문일 것이다.

나이를 먹으면서 임종 얘기를 가끔 듣게 되었다. 외할머니께서 한 달 정도 심하게 앓다가 돌아가셨다고 했다. 10년 전에 시아버지가 돌아가시고, 5년 전에 시어머니가 돌아가시면서 나는 아버지 의중을 헤아리게 되었다. '자는 잠에 죽는 것이 정말 좋은 것이구나!'를 비로소 깨닫게 되었다.

아버지는 무척 건강하셨다. 아들이 셋인데 셋을 합해도 아버지 따라가기가 힘들 정도였다. 지식이나 지혜, 일이나 배짱, 그 어느 쪽을 따져 봐도 늘 아버지가 한 수 위였다. 연세 80이 넘도록 편찮으신 적도 없었고 누워계시는 일이 거의 없었다. 아침에 비행기로 서울 오셔서 결혼식에 참석하고 오후에 시골집에 도착해서 논일하는 분이셨다.

우리가 볼 때 아버지는 철인이었다. 동이 트면 논에 나가서 어둠이 깔려야 일을 마치셨다. 저녁을 드신 후에는 TV를 보다가 금방 잠이 드셨다. 새벽엔 4시에 기침해서 한학 공부를 하고 붓글씨를 쓰셨다. 팔순이 지난 노인이 한학을 공부하는 게 무척 안타까웠다. 가끔 안질로 고생하시는 것이 책 때문이라고 만류해도 소용이 없었다.

아버지께서 감기에 걸리실 때가 1년에 1~2번 정도 있었다. 감기는 잘 먹어야 낫기 때문에 맛있는 음식을 준비하려고 아버지께 원하시는 음식이 있으시면 말씀하라고 조르면 김치 국밥이 먹고 싶다고 하셨다.

처음에는 아주 의외라서 너무 놀랐다. 나도 어릴 때 김치 국밥을 종종 먹었다. 양식이 귀할 때 밥 한 그릇으로 김치 국밥을 끓이면 온 가족이 나누어 먹을 수 있는 경제적인 음식이었다. 멸치 몇 마리 넣고 김치와 콩나물 넣고 나중에 밥 한 그릇을 넣으면 되는 극히 간단한 음식이다. 오늘날은 먹을 것이 많고 예전처럼 돈이 없는 것도 아닌데 가장 서민적인 김치 국밥을 원하시면 나는 흔쾌히 김치 국밥을 준비해서 드시게 했다. 요즈음 나도 감기 기운이 있으면 김치 국밥이 먹고 싶다는 생각이 떠올라 웃음이 나온다. 시원하고 얼큰한 국물 맛에 감기가 확 도망가는 느낌이 든다.

요사이 그 김치 국밥에 대신할 만한 음식이 새로 생겼다. 바로 육개장 사발면이다. 감기 기운이 있고 목이 간질간질할 때면 김치 국밥 대신에 육개장 사발면을 끓여 먹는다. 우리 가족들은 라면이 몸에 안 좋다고 아버지에게 한 번도 라면을 드리지 않았다. 우리 머릿속에는 아버지는 라면을 싫어하실 거라고 입력되어 있었다.

아버지께서 부부 동반으로 농협중앙회에서 주관하는 러시아 시찰 프로그램에 동참하실 일이 생겼다. 준비물에 컵라면 20개가 들어 있었다. 나는 어쩔 수 없이 컵라면 20개를 준비해서 다른 준비물과 함께 가져가시도록 했다. 일주일 여정이 끝나고 귀가하실 때 공항에 마중을 나갔다. 아버지를 만나니까 제일 처음 하시는 말씀이 "야! 컵라면 그것 정말 맛있더라!"라고 하셔서 우리가 모두 한바탕 웃었다. 맛있는 것을 아버지만 빼놓고 먹었다는 죄송한 마음도 들었다. 아버지는 김치 국밥과 함께 해삼탕이나 보신탕 등을 좋아하셨는데 이젠 사발면이 하나 추가되었다.

러시아를 다녀온 이후로도 여전히 건강하던 아버지께서 4년 전 가을 걷이가 한창일 무렵 감기에 걸렸다는 연락이 오고 며칠 지나서 병원에 입원하셨다고 했다. 너무 놀라서 병원으로 달려갔더니 중환자실에서 인공호흡기를 끼고 계셨다. 갑자기 말이 안 되는 상황이었지만 도리가 없었다. 쓰쓰가무시병이라고 했다. 늘 건강하던 분이라 우리는 감기로 생각하고 무심했던 게 아버지를 영영 놓치고 말았다.

아버지는 20여 일 병원에 계시다가 84세를 일기로 운명하셨다. 좋아하는 김치 국밥도 잡수실 수 없게 되었다. 우리의 상실감은 너무나 컸다. 앓다가 돌아가신 것이 아니어서 너무 억울하고 분했다. 미리 손쓰지 못한 우리를 원망도 하고 반성도 했지만, 과거로 돌아갈 수는 없는 일이었다.

아버지는 소원대로 논두렁에서 돌아가신 것이다. 소원이 간절하면 이루어진다는 말이 맞는 말인 것 같다.

나는 김치 국밥을 한 그릇 맛있게 먹고, 논두렁이 아니라 안방에서 자는 잠에 편안하게 죽어야겠다고 소원을 빌어 본다.

(2020. 10.)

벚꽃과 함께 온 아이

봄이면 언제나 남쪽에서부터 꽃소식이 들려온다.

나는 그 남쪽 끝자락인 섬진강 가까이 살고 있다. 멀리 지리산 자락에는 하얀 눈이 다 녹지 않고 있는데도 칼바람을 헤치고 매화꽃이 봉오리를 터뜨리면서 봄소식을 알려온다. 사람들은 봄이 오고 있음에 설렘과 기다림으로 흥분하게 된다.

매화꽃이 지면 뒤이어 벚꽃이 생긋이 웃으며 찾아온다. 매화는 수줍은 새색시같이 추위 속에서 조용히 찾아오는데 비해 벚꽃은 따뜻한 날씨의 비호 아래 당당하게 꽃망울을 우리에게 선물한다.

2014년 봄 벚꽃이 한창 자태를 뽐내고 있을 때, 여의도 윤중로에는 벚꽃 축제가 열렸었다. 나는 순천의 동천 벚꽃과 하동의 벚꽃 터널을 마음껏 즐긴 후에 상경하여 윤중로의 벚꽃 축제에 동참하였다.

꽃은 아무리 많이 보아도 마냥 즐겁고 행복하기만 하다. 저 꽃들이 이렇게 우리를 행복하게 만들어주니 정말 고맙고, 감사하는 마음이다. 벚꽃은 한 번 심어놓으면 거름을 주거나 따로 물을 주지 않아도 자연의 섭리로 해마다 봄이 되면 우리에게 무한한 아름다움을 선물한다. 벚꽃이 눈처럼 낙하할 때의 모습은 정말 말이 부족할 만큼 아름답고 황홀하다.

오래전 같은 학교에 근무하던 친구들이 벚꽃을 즐기기 위해 윤중로 축제 장소에 모였다. 우리는 친한 자매들처럼 즐거운 마음으로 벚꽃길을 걸으면서 사랑과 기쁨으로 충만해 있을 때 미국에 있는 아들에게서 연락이 왔다. 며느리가 산달이라 마음이 쓰이던 차였는데 소식이 와서 반가움과 걱정이 교차했다. 아들은 며느리가 진통이 와서 병원에 입원했단다. 산후 뒷바라지를 장모님께서 하러 오시는 중인데 병원 입원과 공항 도착이 겹쳐서 난감하다고 했다.

이때부터 내 마음은 미국에 있는 병원으로 달려가고 있었다. 몸을 풀어야 하는 며느리도 안타깝고, 산모를 돌봐야 하는 아들의 고충도 짐작이 되고, 산기 있는 딸 곁에 도착하지 못한 사부인의 애타는 마음도 미루어 짐작되었다. 내 마음은 혼란스럽고 초조하고 불안하여 제정신이 아니었다. 휘날리는 벚꽃은 저렇게 아름답고 꽃구경하는 이들은 모두 행복한데 나는 애타는 마음을 주체할 수가 없었다. 이를 눈치챈 신앙심 깊은 친구가 나를 조용한 곳으로 끌고 가더니 내 두 손을 꼭 잡고 순산하게 해달라고 열심히 기도해 주었다.

시간이 흘러 벚꽃 구경은 끝나 가는데 미국에서는 연락이 오지 않고 있었다. 시간과 공간을 초월해서 산모 곁으로 달려가고 싶은 마음은 간절하지만, 그 어떤 방법이 없으니 애만 태울 뿐이었다. 가족은 가까이 살아야 한다는 평범한 철학이 내 머리와 가슴을 가득 채웠다.

한밤을 꼬박 새우고 아침에야 아들한테서 연락이 왔다. 출산 과정에 아이가 목에 탯줄을 두 바퀴나 감고 있어서 어쩔 수 없이 수술했다고 말했다. 산고를 겪을 대로 다 겪고 수술을 해서 매우 안타까웠지만, 아이와 산모가 모두 무사한 것은 다행이었다. 아기와 산모, 아들과 사부인이 얼마나 고생했을지 충분히 짐작되었다. 고맙고, 감사하는 마음으로 가슴이 아려 왔다. 이렇게 해서 태어난 아이가 예린이다. 그래서 나에게 예린이는 너무나 사랑스럽고 귀한 보물 같은 특별한 존재이다.

미국이 멀기도 하지만 며느리에게 폐만 될 것 같아 아이의 성장하는 모습을 영상으로만 대하면서 궁금하고 보고 싶은 마음을 자제했다. 그렇게 시간은 흘러 예린이를 첫돌 때 만나게 되었다. 아들 가족이 귀국하여 한국에서 첫 돌잔치를 하였기 때문이다. 조그마한 아기가 예쁘기도 하고 앙증맞았는데 기쁨 그 자체였다. 아들 내외가 예린이를 바라보는 눈길이 그럴 수 없이 사랑스러운 듯했다. 그런 부부를 보는 것이 나의 마음도 뿌듯하고 대견스럽기만 했다. 해마다 벚꽃이 필 때쯤이면 예린이에 대한 나의 사랑이 알알이 맺혀서 벚꽃 위에서 춤을 춘다.

(2019)

곰탕 한 그릇

아이 셋을 모두 결혼시켜서 손자 4명을 갖게 되었다. 둘째 딸의 둘째가 손자 성현이다. 성현이는 이미 형이 있어서일까 집안사람들의 관심을 많이 받지 못한 편이다. 그것을 눈치챈 성현이는 아주 영리하고 재치 있게 행동하면서 가족의 사랑을 독점하려 애썼다. 나는 그러한 아이를 바라보면서 기특하고 우습기도 하면서 대견스럽기도 했다.

성현이는 형과 4년 7개월 터울이다. 형이 항상 버거운 존재임을 잘 알고 있는 것 같다. 형은 형답게 동생을 아끼고 사랑하면서 아주 잘 보살펴 주었지만 어른이 동생만 예뻐한다고 가끔 심술을 부리기도 했다. 그러면서도 둘은 아주 서로 아끼고 배려하면서 무럭무럭 잘 자라 주었다.

지난해 성현이가 초등학교에 입학하였다. 형이 5학년이라 성현이는 별로 걱정되지 않았다. 학교가 아파트 바로 앞이라 편안한 마음으로 학교에 보내게 되었다. 그러나 둘이 함께 있으면 장난이 너무 심해서 걱정이었다. 항상 성현이가 다칠까 봐 조마조마했다. 둘은 만나기만 하면 가만있지를 않았다.

1학년 겨울 방학 때 둘은 학교에서 컴퓨터 수업을 받았다. 형은 3교시에 수업을 받고, 성현이는 4교시에 수업을 받았다. 겨울 방학 끝 무렵이라 그동안 수업 결손이 있는 학생은 선생님께서 보강해 주셨다. 그날은 형이 보강해서 둘이 함께 4교시 후 수업이 끝났다. 나는 교문 앞에서 기다리다가 두 녀석을 만나서 함께 집으로 돌아오는데, 둘은 계속 술래잡기하면서 재미있게 귀가하는 중이었다. 나는 위태위태한 상황을 흐뭇하게 지켜보면서 따라가고 있었다.

교문으로부터 2분 정도 왔을 때 예쁜 호수와 연결된 개천이 있는데 개천은 겨울이라 물이 없었다. 길을 잘 따라오던 형이 갑자기 길을 벗어나 개천을 훌쩍 건너뛰었다. 뭐라고 제지할 틈도 없이 성현이는 벌써 개천 바닥에 내려가 있었고, 아차 하는 사이에 성현이는 개천 바닥에 있는 큰 바윗덩어리 위로 넘어져 있었다.

나의 뇌리에는 천둥 번개가 스치고 지나갔다. 벼락같이 달려가서 아이를 끌어안았다. 나는 아이 이빨과 턱이 다 부서진 줄 알았다. 불행 중 다행으로 아이는 넘어지는 순간 얼굴을 비틀어서 왼쪽 턱에만 상처를 입고 많이 다치지는 않았다. 얼마나 고마운지 안도의 숨을 쉬었다. 집에 와서 연고를 바르고 처치를 했지만 걱정되어서 딸에게 전화했더니 병원으로 나오라고 해서 택시를 타고 한 시간 거리인 병원으로 갔다. 아이는 다행히 울지 않고 조금 징징거렸다. 엄마한테 간다고 하니까 그래도 좋은가 보았다.

다행히 병원이 점심시간이라 도착하니 딸이 밖에 나와서 기다리고 있었다. 카톡으로 사진을 찍어 보냈지만 얼마나 걱정했을지 충분히 짐작되었다. 4층에 있는 병원으로 올라가서 다시 소독하니까 아프다고 소리소리 질렀지만, 처치를 다 끝내고 점심을 먹으러 고깃집으로 갔다. 점심 끝 무렵이라 식당도 한가했다.

고기 먹을 기분은 아니었지만, 곰탕 한 그릇과 어린이 곰탕 한 그릇을 주문하고 딸은 오후 진료를 봐야 해서 병원으로 돌아갔다. 성현이와 둘이서 점심을 먹는데 나는 전혀 먹고 싶지 않았다. 너무 놀라서 아직도 가슴이 두근거렸다. 그런데 성현이는 곰탕에 소면을 말아서 맛있게 퍼먹고 있었다. 얼마나 배가 고팠는지 숨도 쉬지 않고 열심히 먹었다. 곰탕 한 그릇을 삽시간에 먹어 치웠다. "할머니 것 더 줄까?"라고 물었더니 배부르다고 했다.

턱에 반창고를 붙이고 밥을 맛있게 먹는 모습이 정말 놀라웠다. 아프고 힘들었을 텐데 맛있게 식사하는 성현이를 보면서 나도 점차 안정되었다. 한숨 돌린 나도 곰국 한 그릇으로 허기를 채웠다. 맛은 없었지만 성현이가 할머니 눈치 보면서 걱정할까 봐 조심스레 먹었다.

배가 부른 아이는 다행히 기분이 아주 좋아졌다. 아픈 것도 잊고 식당 여기저기를 돌아다니면서 놀았다. 평소의 모습으로 돌아온 아이를 보면서 나도 마음이 놓이고 위로가 되었다.

곰탕 한 그릇으로 우리는 원기를 회복하고 기분 전환도 되었다. 나의 소중한 보물들인 태현, 민영, 성현, 예린이와 함께 세상의 모든 아이가 아무런 사고 없이 무럭무럭 잘 자라 주기를 마음속으로 기원한다.

(2018)

하회탈 할머니

쉰을 넘었을 때 거울을 보니 나는 없고 나의 어머니만 계셨다.

칠십 대가 된 요즘 거울에는 나 대신 할머니 모습이 보였다. 그렇게 어머니와 할머니처럼 나도 속절없이 늙어 가고 있다는 생각에 허무함이 몰려왔다.

늙어 가는 것도 서러운데 3년여 계속되는 코로나로 더 위축되고 외롭다. 그래서일까, 그 옛날의 하회탈 할머니가 자꾸만 그립고 보고 싶어진다.

나의 할머니께서는 19세기 말에 태어나셔서 20세기 말에 95세의 일기로 세상을 떠나셨다. 거의 1세기를 생존한 대단한 분이시다. 요사이는 백세시대라는 말을 많이 하지만 할머니께서 생존해 계실 때에는 신화적인 이야기였다.

할머니는 큰아들인 큰아버지의 봉양을 받으면서 행복하게 사셨다.

나의 아버지는 둘째 아드님이셔서 할머니와 함께 산 일은 없고 종종 다니러 오시면 잠깐씩 뵙는 정도였고 방학 때나 가족 행사가 있을 때 큰댁을 방문하여 할머니를 뵙곤 하였다.

내가 철이 들 무렵 할머니의 인상은 너무나 좋으시고 인자한 하회탈 같은 모습이었다. 얼굴 전체에 많은 주름에 항상 활짝 웃어주시면서 왔느냐 말씀하셨다.

그때 나는 할머니께서 태어나실 때부터 하회탈처럼 생기신 줄로만 알았다. 그런데 내가 나이를 먹으면서 주름이 하나둘씩 늘어나고 머리에 서리가 내리면서 할머니의 하회탈 같은 모습이 세월의 흔적이라는 것을 자연히 알게 되었다. 더구나 할머니는 치아가 하나도 없으셨다. 그래서 늘 잇몸으로 우물우물 잡수셨다. 늙고 치아가 없어서 얼굴이 하회탈같이 되신 것이었다.

할머니는 홍시를 무척 좋아하셨다. 나도 홍시를 매우 좋아하고 할머니를 그리워하면서 즐겨 먹는다. 나이를 들수록 얼굴을 찌푸리고 웃게 되고, 웃어도 별로 예쁘지 않은데 할머니는 하회탈처럼 항상 예쁘게 웃으셨다.

젊은 시절 할머니는 고생을 매우 많이 하셨다고 한다. 구한말에 태어나시어 나라도 잃고 14살 때 혼인하셨다. 고된 시집살이에 5남매를 낳아서 손발이 부르트도록 훌륭히 키워내셨고, 일제강점기에서 온갖 고초를 당하면서 피눈물 나는 세월을 사셨다.

1945년 꿈에도 그리는 해방이 되었다. 해방의 기쁨도 잠시 다음 해에 콜레라의 대유행으로 할아버지를 하늘나라로 먼저 보내시고, 큰며느리마저 세상을 떠나는 큰 고통을 겪으셨다. 설상가상 큰댁과 우리집의 손주 5명이 모두 하늘나라의 작은 별들이 되었다.

해방의 기쁨도 잠시 6·25전쟁의 소용돌이에서 끔찍한 피난길에 올라 몸도 마음도 만신창이가 되셨다. 그런 어려움 속에서도 꿋꿋이 잘 버틴 대단히 존경스러운 어른이셨다.

우리 집에는 하나의 아름다운 신화가 있다. 전쟁이 터지기 몇 년 전에 아버지께서는 절름발이 암돼지를 한 마리 구해 오셨다. 할머니께서는 가족들을 잃은 아픔 속에서도 동물이지만 짠한 마음에 지극정성으로 절름발이 돼지를 돌보면서 사랑으로 키웠다. 전쟁이 터지니 모두 버려두고 피난길에 오르게 되었다. 전쟁이 소강상태에 접어들면서 피난살이를 잠시 접고 집에 돌아왔다. 집에 돌아와 보니 절름발이 돼지가 새끼를 11마리나 낳아서 잘 키우고 있는 기적 같은 일이 있었다.

폐허가 된 전쟁 통에 새끼를 낳아서 젖을 먹이고 잘 키운 돼지의 모성 본능이 위대하게 느껴졌다. 그 돼지 새끼들이 무럭무럭 잘 자라서 종잣돈이 되어 가계에 큰 도움이 되었다고 할머니께서는 옛날얘기처럼 종종 들려주셨다.

그래도 전쟁이 여름에 발발해서 불행 중 다행이었다. 논밭의 작물들과 동물들은 스스로 생명을 지키고 있었다. 집이 모두 불타버린 황폐

한 폐허에 한 가닥 희망의 빛이 되었다고 하셨다. 전쟁이 일어났을 때 내 나이는 세 살이었다. 갑자기 당한 전쟁에 대가족을 거느리고 피난 길에 오르게 되어 마음이 조급해서 정신이 없는데, 걷는 데 한창 재미를 붙인 나는 꼭 걸어서 가겠다고 고집을 피우고 떼를 써서 어른들께서 마음고생이 심했다는 얘기도 하셨다.

지금도 진행 중인 우크라이나와 러시아의 전쟁이 피부에 와닿는 아픔과 슬픔이다. 전쟁은 승자도 패자도 없이 모두 망하는 길인 것 같다. 이 지구상에 전쟁은 영원히 끝났으면 하는 바람이 간절하다.

할머니는 신식 여성처럼 한글을 아주 유창하게 잘 읽으셨다. 그래서 심청전, 흥부전, 콩쥐팥쥐전, 춘향전, 장화홍련전 등 전래 소설들을 애독하셨다. 같은 책을 매일 소리 내어 읽으셨다. 책이 다 달아서 너덜너덜해질 때까지 읽으셨다. 내가 대학 다니면서 헌책방에서 전래동화책 한두 권씩 구해다 드리면 너무나 좋아하셨다.

할머니는 담배를 아주 좋아하셨다. 한마디로 골초이셨는데 95세까지 건강하게 사셨다. 그 비결은 긴 담뱃대인 것 같다. 그리고 부지런하셔서 잠시도 가만히 계시지 않으셨다. 할머니는 예방주사를 한 번도 맞은 적이 없었고 병원에서 치료받은 일도 없으신 분이다.

할머니께서 돌아가셨을 때 아버지께서 너무나 애통해하셨다. 큰아버지와 아버지, 작은아버지는 세상에 소문 난 효자이셨다. 아마 세 분 아드님의 지극한 효심 덕에 할머니가 장수하신 것 같다.

하회탈 우리 할머니는 나의 롤모델이다. 건강한 심신으로 병원 신세 지지 말고 사는 날까지 맑은 정신으로 자손들에게 추한 꼴 보이지 않으며 아름답고 깨끗하게 늙어 가고 싶다. 할머니처럼 열심히 움직이고 책을 소리를 내 읽고 음식은 천천히 꼭꼭 씹어 먹도록 해야겠다.

나의 건강한 노년을 기원한다.

사랑하는 어머니

– 어머니 장례식 때 올린 글

85년 전 어머님께서는 물 좋고 산 좋은 아름다운 고향 산청에서 유복한 배씨 가문의 맏딸로 가족들의 축복 속에 태어나셨습니다. 그렇지만 나라가 일제강점기여서 국민은 고난의 세월을 보내야만 했으니 어머니도 예외일 수는 없었습니다.

어릴 때부터 외할머니와 함께 농사일과 길쌈 등으로 좋은 시절을 다 보내시고, 꽃다운 19살 때 아버지와 결혼해서 행복한 가정을 이루었지만, 행복은 잠깐이고 길고 긴 고난의 세월이 시작되었습니다. 재산이라고는 아무것도 없고, 유교 사상과 법도가 엄격한 몰락한 양반 가문에서의 고된 시집살이를 견뎌야만 했습니다. 위로는 시부모님을 모시고 형제자매와 의좋게 지내야만 했으며, 여러 명의 자식을 낳아 기르면서 어려운 가정 살림을 꾸리시느라 손은 물 마를 날이 없었고, 가족들은 많고 먹거리는 항상 부족하여 배고픈 시절을 보내셨습니다.

해방이 되면 좋은 줄 알았더니 또 다른 고난이 기다리고 있었습니다. 분단의 아픔에다 6·25전쟁이라는 비극까지 맛보아야만 했습니다. 정말 불운한 시대에 태어나셔서 많은 고생을 하셨습니다. 그래도 꿋꿋하게 잘 버티면서 그 연약한 몸으로 자식들 키우면서 있는 힘을 다해 남편인 아버지를 내조하셨습니다.

어머니는 정말 안 해 본 일이 없었습니다. 밭일과 들일, 길쌈은 말할 것도 없고, 과수원 일도 하고 두부도 만들어서 팔고, 닭도 기르고, 쌀장사도 했습니다. 이렇게 너무나도 긴 세월 어려운 삶을 묵묵히 잘도 참고 살아오셨습니다. 그러면서도 자식들을 모두 훌륭하게 잘 키우셨습니다. 정말 대단하십니다.

산청에서 태어나 함안에서 젊은 시절을 보내고 마산을 거쳐서 서울에 이사 와서 사시다가 지금의 고향인 죽암 농장에 정착하게 되었습니다. 죽암 농장은 제2의 고향이자 영원한 고향이며 삶의 터전이 되었습니다. 땅 한 평이 없어서 소작농을 지으시고, 먹을 것이 없어서 밥 한 그릇으로 죽을 끓여서 온 식구가 나누어 먹던 시절의 슬픔은 모두 잊으시고, 하늘나라에서 저 넓은 들판을 내려다보면서 아픔과 회한은 모두 훨훨 날려 보내시기를 바랍니다.

사랑하는 어머니!
긴 세월 동안 병마와 싸우면서 점점 노쇠해 가시는 어머님을 속수무책으로 지켜만 봐야 하는 저희를 용서해 주십시오. 점점 늙어 가시는 모습을 지켜봐야만 하는 안타까움과 시들어 가시는 어머님을 뵐 때마다 너무나 무력함을 통탄하면서 인간의 한계를 절감했습니다. 불편하신 다리를 이끌고 다니시는 모습을 보면서도 그 다리를 대신해 드리지 못한 자식들을 용서해 주시고, 밥을 삼키지 못해서 고통받는 모습을 보면서도 그 고통을 대신해 드릴 수 없는 무력함을 용서해 주시기를 바랍니다.

살아 계시는 동안 좀 더 편안하게 모시지 못하고, 심기 불편하게 해 드린 점도 너그럽게 용서해 주시기를 바랍니다. 특히 저는 제 일에 매달려서 어머님께 자주 문안드리지 못하고 소원했던 점도 용서해 주시기를 바랍니다.

사랑하는 어머니!

이제 그 무거운 삶의 짐일랑 모두 내려놓으시고, 편안한 마음으로 천국에서 행복하게 지내시기를 바랍니다. 영혼은 항상 죽암 농장에 머무르면서 봄을 알리는 매화꽃과 개나리꽃도 보시고, 여름이면 너무나 아름다운 자태를 뽐내는 연꽃도 보시고, 가을이면 향기 그윽한 국화꽃 냄새를 맡으면서 새 소리와 소 울음소리를 벗하면서 근심일랑 모두 벗어 던지고 평화롭게 지내시기를 바랍니다.

사랑하는 어머니!

너무나 무력하여 사랑하는 어머니를 잡지 못하고 이렇게 떠나보내는 저희 자식들의 불효를 너그럽게 용서해 주십시오. 어머니! 정말 죄송합니다.

저희 불효자식들은 어머니의 지혜롭고 따뜻한 사랑을 늘 가슴에 간직하면서 어머니의 유지를 받들어 서로 아끼고 사랑하면서 잘 지내겠습니다. 저희 모두를 잘 키워주셔서 정말 고맙습니다. 저희 모두는 어머니를 진심으로 사랑합니다. 어머님 은혜에 보답하기 위해서 더욱 열심히 살겠습니다.

사랑합니다. 어머니, 어머니!!!

안녕히 가십시오. 길고 긴 이별이지만 언젠가는 뵙게 되기를 기원합니다.

(2009. 11.)

그리운 나의 아버지

― 아버지 탄신 백 주년에 드린 글

그리운 아버지!

올해 2021년 1월 6일이 아버지 탄신 100주년입니다. 백수하셔서 후손들과 함께 100주년 기념행사를 하셨으면 얼마나 기뻐하셨겠습니까? 안타깝고 서러운 마음을 안고 아버지 100번째 생신을 맞이하게 되었습니다.

세월은 화살과 같다고 하더니 너무나 황당하게 아버지를 떠나보낸 지도 벌써 16년이 되었네요. 남겨진 가족들은 아버지께서 안 계시면 못 살 것 같았지만 아버지의 빈자리를 추억으로 채우면서 각자의 자리에서 자기 할 일을 열심히 하면서 잘 지내고 있습니다.

아버지의 못다 이룬 꿈을 큰아들인 종욱이가 죽암 그룹의 회장직을 맡아서 잘 이어가고 있으며 농장은 엄청 좋아져서 사철 아름다운 꽃들과 나무들로 숲을 이루고 있습니다. 소들도 무럭무럭 잘 자라 주어 보는 이들을 행복하게 합니다.

건설은 종동이가 사장직을 맡아 회사를 잘 이끌어 가고, 훈태는 부사장 자리에 있으면서 책임 있게 장손의 모습을 보여주고 있습니다. 인태도 건설에 근무하면서 훈태를 도와 자기 몫을 충실히 하고 있습니다.

기계 쪽은 제 남편 차 서방이 사장을 맡았고 부사장은 종신이가 맡고 있는데 많은 발전을 거듭하여 외형과 내실이 매우 성장했습니다. 농기계와 함께 볏짚을 싸는 비닐을 생산하여 전국에 보급하고 있으며 수출도 계획하고 있습니다. 그리고 식품회사를 만들어서 건강한 먹거리 보급에도 최선을 다하고 있습니다. 죽암 그룹 전 가족은 아버지의 유지를 받들어 모두 힘을 합해서 최선을 다하고 있으므로 앞으로도 더욱 발전하리라 믿고 있습니다.

아버지께서 떠나신 후 큰아버지도 세상을 떠나시고 두 기둥을 잃은 후손들은 허전한 마음을 달래가면서 두 분 어른의 마음을 헤아려 열심히 살아가고 있습니다. 어머니께서도 아버지를 그리워하시다가 아버지 따라 하늘나라로 가셨고, 작년에는 작은아버지께서도 두 분 형님 곁으로 떠나셨습니다. 유난히 우애가 깊으신 세 분께서 모두 우리 곁에 계시지 않으니 안타깝고 쓸쓸하기만 합니다. 정말 세 분은 보기 드문 형제애를 보여주셨습니다. 후손들의 본보기가 될 것입니다.

저는 아버지와 어머니를 모두 잃고 방황하는 영혼을 끌어안고 교직에 헌신하여 교장으로 승진하고 중임까지 한 후, 2010년 8월 말일에 정년퇴직하고 홍조근정훈장을 받았습니다. 모든 것이 아버지 덕분입니다.

저희 딸 민정이와 정화는 결혼하여 둘 다 아이들을 키우느라 고생이 많습니다. 민정이는 수학 교사로서 아이들을 사랑으로 가르치고 있으며, 정화는 소아청소년과 의사로서 고단한 일상을 보내고 있지만 둘 다 나라의 장래를 책임질 인재를 키우는 보람찬 일을 하고 있습니다. 제 아들 태곤이는 서울대 공대를 졸업하고 미국에 유학을 하러 가서 공학박사 학위를 받고, 연구에 골몰하고 있습니다. 셋 다 자기 분야에서 최선을 다하고 있으며 아이들을 키우느라 고생하고 있습니다. 아버지께서는 유난히 아이들을 좋아하셨는데 살아 계시면 매우 좋아하셨을 텐데 안타깝습니다.

혜겸이와 훈태는 결혼하여 일가를 이루어 행복하게 살고 있습니다. 은정이와 은희도 컴퓨터 분야에서 큰 몫을 하고 있으며, 희태와 문태도 자기 분야에서 최선을 다하고 있습니다. 이렇게 아버지의 자손들은 모두 자기 분야에서 열심히 일하며 잘 지내고 있습니다. 모두 아버지의 보배들입니다.

아버지 기념사업회에서는 아버지 탄신 100주년을 맞이하여 기념관을 새로 지었습니다. 굉장히 근사한 2층 건물로 아버지 생신 일에 준공식을 하고, 예전 기념관에 진열되었던 유품들을 모두 옮겨서 새롭게 꾸몄습니다. 2층에는 홍보관을 만들어 회사의 발전상을 한눈에 볼 수 있게 했으며 옥상은 휴게실로 꾸몄습니다. 지금까지 살아 계시면 무척 행복하실 텐데 함께 하실 수 없음이 매우 안타깝고 유감스럽고 죄송합니다.

사랑하는 아버지!
세월이 정말 빠른 것 같습니다. 저희도 모두 세월의 흔적을 머리에 이고 살고 있습니다. 아버지께서 삶의 터전을 만들어주셔서 모두 건강하고 행복하게 잘 지내고 있습니다.
보고 싶은 아버지!
고맙습니다. 늘 감사드리면서 살아가겠습니다.
사랑합니다. 그리고 존경합니다.

(2021)

늦둥이

요즘과는 대조적으로 7080시대는 한동안 늦둥이 낳는 게 유행이었다. 아이가 셋이면 강부자(강남의 부자)라고도 했다. 그런데 아이 셋을 키워 본 사람이라면 그렇게 한가롭게 말하지는 못할 것이다. 다 키워 놓으면 많은 것이 좋을 수도 있다. 위로 딸 둘, 아래로 아들 두 명인 것이 이상적인 것 같기도 하다.

나는 아이를 한 명만 낳은 사람들이 항상 부러웠다. 부부가 아이 하나를 가운데 두고 걷는 모습이 무척 편안해 보이고 안정감도 있어 보였다. 엄마 혼자서 아이 셋을 데리고 걷는 모습은 매우 벅차고 안쓰러워 보인다.

결혼 전 나의 자녀계획은 아들 하나만 낳아 잘 키우는 것이었다. 그 당시는 가족 계획을 아주 대대적으로 외치던 때였다. '삼천리는 초만원 한 집 건너 하나 낳자!' '적게 낳아 잘 키우자!' '잘 키운 딸 하나 열

아들 안 부럽다!' 등 이런 가족 계획 구호를 요란하게 외치던 시절이었다. 그런데 내가 가족 계획을 설계할 틈도 없이 결혼하고 1년 만에 첫딸을 낳았다. 그리고 둘째 딸을 낳는데도 별로 많은 시간이 걸리지 않았다. 첫째 딸을 낳았을 때는 모두 축복해 주었다. 그래도 다음엔 아들을 낳겠지 하는 기대가 있었기 때문이었다. 둘째 딸을 낳으니 모두 침묵했다. 나는 조금 서운했지만, 신의 영역인 현실을 겸허히 수용하면서 두 딸이라도 잘 키워야겠다고 스스로에게 달랬다.

다행히 큰댁에서는 연달아 두 명의 아들을 낳았다. 마음이 한결 편안해지면서도 세상은 정말 불공평하다는 생각이 들었다. 그러나 시부모님이 큰댁에서 아들에 대한 사랑을 충분히 충족시킬 수 있어서 나에게는 관심이 적을 것으로 짐작하고 무척 다행이라고 생각했다. 하지만 그것은 나만의 착각이었다. 둘째 딸이 점점 자라자, 시아버지의 손자 타령도 해를 거듭할수록 그 도가 지나쳤다.

며느리가 전업주부도 아니고 직장생활을 하면서 항상 시댁에 경제적인 도움을 주고 있는 처지였는데 어떻게 나에게서 셋째 아이를 원하시는지 정말 이해할 수 없었다. 경제적인 어려움에다 셋째 아이를 출산하라는 시아버지의 강요에 나는 짜증도 나고 남편마저도 미워지고 그런 시아버지에게도 서운했다.

그런데 시아버지께서 매우 기발한 생각을 연구해 내셨다. 나의 친정아버지를 동원했다. 친정아버지 회갑 때 초대 손님으로 오신 시아버지는 딸을 혼내서라도 아이를 한 명만 더 낳게 해 보라고 압력을 가한 것이었다.

나는 화도 나고 너무 슬펐다. 친정아버지에게 너무나 불효하는 딸이라는 것을 깨닫게 되었다. 이렇게 많은 가족에게 불편한 관계가 형성되는 것은 바람직하지 않다는 생각이 들었다. 점점 더 갈등의 골이 깊어지느니 차라리 하나만 더 낳아보자는 결론에 이르렀다. 나는 그 당시 교육 공무원으로서 국가적인 가족계획 사업에 역행하는 주범이 되었다.

셋째 아이는 꼭 아들이어야 한다는 결심을 굳혔다. 남편은 작은아버님 앞으로 양자를 갔었다. 시아버지께서는 돌아가신 작은아버님 제사를 모셔야 할 아들을 꼭 낳아야 한다는 지론을 갖고 계셨다. 심지어 큰댁의 작은아들과 우리 집의 작은 딸을 바꾸어서 키우라고까지 하셨다. 요즘 시각으로 보면 양자를 가는 일도 우습고, 큰집에 아들이 둘이 있는데 나에게 아들을 강요하는 시아버지도 정말 너무 심하다고 생각되었다. 더욱이 하나씩 바꾸어서 키우라는 것은 더욱 억지스럽다고 느꼈다.

나는 셋째를 낳는 것도 문제이지만 또 딸을 낳게 될까 봐 걱정이 태산이었다. 아버지에게 또 딸을 낳으면 어떻게 하느냐고 말씀드렸더니 "다섯 명을 낳으면 하나쯤은 아들이 있겠지."라고 웃으면서 농담하셔서 나는 할 말을 잃었다. 하지만 그 웃음 뒤에는 애잔한 아픔이 도사리고 있음을 헤아릴 수 있었다.

결국 나는 비장한 결심을 하고 『아들딸 구별 출산법』이란 책을 사다가 열심히 공부도 하고 식이요법도 하면서 셋째 아이를 가졌다. '또 딸이면 어떻게 하나?' 정말 두렵고 걱정이 앞섰다. 딸 셋을 데리고 다니는 엄마만 보면 내 일 같아서 걱정되고 우울했다. 셋째를 가졌다는 것이 창피해서 나는 대문 밖에 잘 나가지도 않았고 조용히 학교만 왔다 갔다 했다.

아이의 출산예정일이 다가올수록 산모와 담당 의사의 고민은 점점 깊어만 갔다. 이미 두 딸의 출산을 도와주신 의사 선생님은 내가 또 딸을 낳으면 도망가겠다고 했다. 선생님과 내가 어이없어 함께 웃었다. 날씨가 초겨울에 접어들 때쯤 셋째 아이를 낳았다. 아이를 분명 낳은 것 같은데 의사 선생님께서 침묵을 지키셨다. 나는 '분명히 이번에도 딸이구나.' 절망하면서 세 딸을 잘 키워야겠다고 스스로에게 위로했다.

긴 침묵 후 선생님께서 아들이라고 했지만 나는 믿지 않았다. 내가 아무 반응이 없으니, 간호사가 직접 아이를 데려와서 보여주었다. 그때에야 정말 아들이구나 하고 마음이 편안해져서 조용히 눈을 감았다. 산모의 나이가 제법 많고 둘째와의 터울도 5년 6개월이나 되어서 꽤 난산이었지만 자연분만으로 잘 낳았고 아이도 무척 건강해서 마음이 놓였다.

이때부터 내 인생은 바로 전쟁이나 다름없었다. 아이 셋을 키우면서 직장생활을 병행하는 일은 정말 치열한 전쟁이었다. 아이를 업고 큰아이 자전거를 태우러 학교 운동장을 누볐고, 겨울 방학이면 여의도 샛강에 나가서 두 딸은 양손에 잡은 채 스케이트를 가르치고는 했다.

귀한 아들이 초등학교에 입학해서도 낮에 집에 혼자 두는 것이 항상 미안했고 제대로 돌보지도 못하면서 낳기만 했다는 자책감이 늘 따라다녔다.

그 늦둥이가 이제는 훌쩍 자라서 훌륭한 어른이 되었다. 두 누나가 시집갈 때는 잘생긴 친구들을 불러와서 운전도 하고 접수도 책임졌으며 사돈댁에 예단을 보낼 때도 누나와 함께 다녀왔다. 요즘엔 인기가 별로 없는 공대를 지원해서 석사 과정을 마치고 미국으로 유학가서 박사학위도 받고 박사후 연구과정을 끝내고 연구소에 취업해서 연구에 몰두하고 있다. 결혼하고 딸아이를 한 명 낳아서 가장 노릇을 훌륭히 하고 있다.

그 늦둥이를 볼 때마다 눈에 넣어도 아프지 않다는 어른들의 말이 가슴 깊이 와 닿았다. 그 당시 경제력은 전혀 없이 긴 세월 투병 생활을 하시던 시아버지의 손자 타령이 너무나 싫었지만, 대견스러운 나의 늦둥이를 볼 때면 시아버지의 손자 타령이 약이 되었다고 생각해 본다. 그 늦둥이는 자기는 아차 하면 태어나지 못할뻔했다는 농담을 가끔 해서 우리 가족 모두는 한바탕 웃기도 한다.

그 시절 시아버지의 끈질긴 손자 타령과 경제 능력 없음이 요사이는 매우 고맙게 느껴진다. 시아버지의 애절한 설득으로 우리 집에 늦둥이가 태어나 친가와 외가의 가족이 모두 행복하게 되었다. 또한 가족이 다섯 명이라서 가족사진을 원판으로 찍을 때 구도와 조화가 잘 어울려서 완벽하다고 느끼게 한다. 고생은 했지만 늦둥이 아들과 교장이라는 두 마리의 토끼를 잡은 것에 대해서 조용히 행복을 음미해 본다.

시아버지를 향한 서운함과 미움이 그 아이의 미소 속에 잔잔히 녹아든다. 시아버님과 친정아버지 그리고 양아버지 세 분 아버님과 주변의 모든 분에게 사랑과 감사의 마음을 전하고 싶다.

(2009)

9호선과 손자

우리 집은 목동에서 20여 년을 살다가 지하철 9호선 공사가 한창일 때 당산동으로 이사했다. 막내인 아들이 대학에 입학한 후 목동은 교통이 불편해서 귀가 시간이 너무 늦어졌기 때문이다. 그래서 여러 가지로 고민하다가 당산동으로 이사하기로 한 것이었다. 당산동은 거주 여건이 여러 가지로 편리하며, 한강도 가깝고, 아파트도 신축건물이라 마음에 들었다.

당산동으로 이사 온 이후, 1년여 동안 첫째 외손자가 우리 집에서 살게 되었다. 지하철 9호선 공사 관계로 복잡하고 교통량이 너무 많아서 아이를 키우기는 부적합한 것처럼 보였다. 그러나 딸이 자기 일이 있어서 선택의 여지가 없었다. 주로 낮에는 할아버지가 돌보고 퇴근 후에는 내가 돌보다가 아이의 부모가 퇴근하면 인계하는 시스템이었다. 우리 집은 지하철 2호선이 내려다보일 뿐만 아니라, 9호선 공사

현장이 훤히 내려다보였다. 첫돌이 지난 손자에게는 너무나 신기한 학습 현장이었다. 땅을 파고 지하철 역사를 건설하느라 각종 공사 차량이 총동원되어 있었다. 손자는 서투른 말로 이것저것 질문을 쏟아놓았다. 그중에서도 거중기가 가장 신기한 모양이었다. 그 무거운 철판들을 번쩍 들어서 이동하는 모습은 우리가 보아도 신기했다. 우리 모두에겐 공사 건설 현장이 정말 좋은 체험학습장이었다. 그리고 매일 매일 시시각각으로 변하는 작업 현장은 더욱 재미있었다.

또 하나 당산역에서 너무 재미있는 것이 각종 차량을 구경할 수 있다는 점이다. 우리 집은 도로변 아파트의 11층에 살고 있었는데, 소방차나 병원 구급차나 경찰차가 지나가면 아이는 너무 좋아했다. 또 오토바이가 지나가면 손뼉을 치면서 더욱 좋아했다. 이런저런 이유로 우리 집이 당산역으로 이사 온 것은 긍정적인 가치가 무척 높았다. 그러나 지상으로 내려오면 공사 관계로 길이 너무 복잡하고 사고 날까 봐 조심스럽고 어수선해서 싫었다. 빨리 9호선 공사가 끝나야 도로가 정비되고 안정적인 주민 생활이 보장될 텐데, 빨리 9호선이 완공되어서 9호선을 타고 달릴 날을 손꼽아 기다렸다.

세월이 흘러 드디어 9호선이 완공되고, 차량이 달리기 시작했다. 우리 가족과 주민들은 모두 9호선 개통을 진심으로 축하하며 기뻐했다. 당산역은 잘 정비되고 지하철 9호선 역사는 매우 럭셔리했다. 지하도로 내려가면 깨끗한 환경이 아주 좋을 뿐만 아니라 에스컬레이터와 엘

리베이터가 잘 되어 있어서 편리하고 전동차도 깨끗해서 더욱 좋았다. 또한 급행까지 있어서 금상첨화였다.

손자 녀석이 아빠의 순환 근무 관계로 3년 동안 전남 순천에 살다가 서울 신반포에 있는 아파트로 이사하였다. 그로부터 나는 매일매일 손자 녀석을 돌보려 신반포로 출퇴근을 한다. 이제는 9호선이 나의 자가용이 된 것이다. 기관사까지 둔 대형 자가용이다. 냉난방이 완벽하며, 소요 시간도 정확하고, 위험하지도 않으며, 분위기는 쾌적하고 활기가 넘친다.

손자 녀석도 지하철 9호선 애호 고객이다. 우리는 지하철을 타면 역을 모두 외우기도 하고, 간식을 먹기도 하면서 짧지만, 즐거운 여행을 한다.

나는 지하철의 이 모든 것에 진심으로 감사하는 마음이다. 민자와 세금으로 이루어졌지만, 나는 지하철 관계자 모두에게 고맙다고 말하고 싶다. 자본과 기술력과 노동자의 피땀에 머리 숙여 감사드린다. 그리고 지하철 운전을 맡은 기관사님께도 늘 감사하는 마음이다. 언제나 안전하게 수송해 주어서 얼마나 고마운지 모른다.

가끔 한밤중에 철길에서 일하는 소리가 나서 내다보면, 지하철 보수 작업을 하는 사람들을 볼 수 있다. 지하철 운행을 하지 않는 심야 시간에 일하고 있는 것을 보면서 내가 편히 잠잘 때 일을 하는 사람들이 있다는 사실에 놀란다. 그리고 정말 가슴이 뭉클하고 숙연해진다. 밤낮없이 맡은 일에 열심히 최선을 다하는 사람들 덕분에 나는 오늘도 편안한 마음으로 행복해하면서 지하철을 이용한다.

9호선에 대한 나의 사랑은 지하철 모두에 대한 애정으로 연결되어 요사이는 어디를 가든지 주로 지하철을 이용한다. 정말 서울 지하철은 잘 되어 있는 것 같다. 조그마한 바람이 더 있다면 9호선 열차 칸을 증차해 주었으면 한다. 올해 9호선 요금 인상안이 나와서 조금 걱정을 했는데 다행히 보류되었다. 내가 조금 더 내는 것은 상관없지만 차주 측과 고객 측의 갈등이 염려스러웠다.

나는 늘 평화와 타협을 사랑한다. 오늘도 지하철 9호선을 타고 두 놈의 손자를 돌보러 간다. 퇴직 후 나의 행복한 일상이며, 미래의 꿈나무를 키우는 애국하는 한 방법이다. 그리고 나의 피곤함은 손자들의 미소에 녹아 내 몸의 자양분이 된다.

(2012)

외갓집

어린이들에게 외갓집은 아련한 그리움의 대상인 것 같다. 나도 초등학교 때에는 방학만 하면 동생이랑 외갓집에 가곤 했다.

외갓집은 지리산 가까이 있으면서 경호강을 옆에 끼고 넓은 들판이 있는 아름다운 곳이었다. 초등학교 저학년 때에는 외할아버지, 외할머니, 이모, 외숙모와 사촌 오빠가 한 명 있었다. 이모가 있을 때는 좋았지만 이모가 시집을 가고 나니 좀 썰렁하고 나도 외갓집에 가는 재미가 반으로 줄었다.

외갓집은 시골 부농으로 그 지방에서 부러운 것 없는 유복한 집안이었고, 외할아버지는 덕망 높으신 시골 어르신이었다. 그런데 6·25를 겪으면서 집안은 풍비박산이 되고, 두 외삼촌은 행방을 알 수 없는 기막힌 일이 일어났다. 외숙모 두 분은 외삼촌을 기다리고 기다리다 지쳐갔다. 외할머니와 외할아버지의 마음은 새까맣게 타들어 갔지만 며느리들 앞에서는 내색도 못 하고 깜깜한 밤길을 헤매는 길고 긴 나날들이 계속되었다.

세월이 흘러 작은외숙모는 친정으로 돌아가고, 큰외숙모는 비록 남편은 없지만 시부모님을 모시고 오직 하나뿐인 아들을 태양처럼 바라보면서 열심히 사셨다. 이런 형편으로 외갓집 나들이는 설렘과 아픔이 교차했다. 외할아버지께서는 술에 취해 세상을 원망하면서 세월을 보내다가 꿈에도 그리던 아들 둘을 하나도 보지 못한 채 위암에 걸려 세상을 떠나셨다. 그 애통함이야, 어떻게 말이나 글로 다 표현할 수 있겠는가.

외갓집 나들이를 좋아하던 나는 벌써 육순을 한참 넘긴 늙은이가 되었다. 이제는 딸 둘이 시집을 가고, 아들도 장가를 가서 나는 꼼짝없이 할머니가 되었다. 내 집이 외손자와 외손녀에게는 외갓집이 되었다. 큰딸에게는 외손녀 한 명이 있고, 둘째 딸에게는 외손자 두 명이 있으며, 아들에게는 친손녀 한 명이 있다.

두 딸은 전문직 직장맘이다. 정년퇴직한 나는 그런 두 딸의 어려움과 고통을 헤아려서 손주들을 돌보아야 하는 처지가 되었다. 둘째 딸의 두 아이를 돌보게 되었다. 큰딸의 아이 민영이는 가끔 보게 되었고, 민영이는 이웃집 이모님의 손에 맡겨진 채 엄마가 직장을 다녔다. 나는 그것이 항상 안쓰럽고 마음이 아팠다. 내 몸은 하나인데 두 딸이 모두 직장생활을 하니 마음이 헷갈리고 큰딸에게는 늘 미안하고 민영이에게는 더 안타깝고 항상 짠하다.

우리 잡안의 가족 행사는 주로 일요일 점심시간 음식점에서 모임을 하곤 했다. 식사와 과일과 차와 아이스크림까지 밖에서 해결하고, 아이들은 외갓집인 내 집에 들러서는 조금 놀다가 각자 자기네 집으로 돌아가는 식으로 했다. 그렇게 하는 게 두 딸과 사위들에게 편하고, 그다음 날 출근해야 하는 걸 고려한 배려였다.

나는 이렇게 하는 게 여러 가족이 모두 모두 행복해지는 방법인 줄 알았다. 아이들이 학교에 다니면서 숙제도 해야 하고 준비물도 챙겨야 하고 할 일들이 점점 많아졌다. 그러나 그것은 나만의 사고방식이라는 것을 손녀 민영이를 통해서 알게 되었다. 민영이가 자기 엄마에게 친가에서는 잠을 자면서 왜 외갓집에서 잠을 자지 않느냐고 물었다고 했다. 그래서 방학 때에는 가끔 우리 집에서 잠을 자고 가는 방향으로 바꾸었다. 그래도 여전히 아쉬움은 남았나 보다.

어느 날 민영이 친구가 민영이에게 "자기 집 천장에서 물이 새서 밤에 잠을 자는 것이 불가능해, 이웃에 있는 외갓집에 가서 자고 왔다."라고 자랑했다고 하면서 우리 집도 천장이 새서 외갓집에서 자고 왔으면 좋겠다고 했단다. 그 얘기를 들으면서 큰딸과 나는 어이없는 웃음을 웃었다.

세상에 아이에게 그런 마음을 갖게 했다면 우리 어른들이 뭔가 크게 잘못했다는 것을 깨달았다. 그 얘기를 들으면서 나의 어릴 적 외갓집이 아련히 떠올랐다. 예전이나 지금이나 외갓집은 아이들에게는 그리움의 대상이라는 것을 알았다. 그리고 외할머니는 원하는 것은 무엇이나 다 들어주고, 엄마로부터의 꾸중도 덮어주는 피난처 같은 곳이라는 것을 다시 한번 느끼게 되었다.

　나의 외할머니는 속이 좋지 않다면서 항상 소다를 잡수시곤 했다. 아들 둘을 보지 못하는 한이 얼마나 클지 어린 나에게는 상상 가늠이 불가능했었다. 외할머니는 동생과 내가 외갓집에 가면 외숙모 눈치를 보시는 것이 내 눈에도 보였다. 한번은 동네에 엿장수가 오니까 먹을 것이 없다면서 머리카락을 잘라서 엿이랑 바꾸어 주면서 나와 동생에게 먹으라고 하셨다.

　나는 마음이 아팠지만 뭐라고 말할 수가 없었다. 아들이 없는 며느리는 외할머니에겐 너무나 미안하고 가슴이 찢어지는 아픔이었으리라. 나는 초등학교 고학년이 되면서 상급학교에 진학도 해야 하고 점점 철이 들면서 외갓집에 잘 가지 않았다. 가끔 외할머니께서 우리 집에 오셔서 한참 계시다 가곤 하셨다.

　민영이가 나의 어린 시절 외갓집과 돌아가신 지 수십 년이 되는 외할머니에 대한 그리움을 일깨워주었다. 나는 큰딸 내외와 민영이에게 주말마다 와서 자고 가라고 했다. 그러나 그것도 민영이 계획과 나의 계획이 맞아야 하니까 매주는 어려울 것 같고, 아무튼 자주 와서 자고 가라고 했다. 철들면 싫어할 테니까 철이 들기 전에 좋아할 때 많이 해주어야겠다고 생각했다.

눈에 넣어도 아프지 않은 손자들과 손녀들이다. 네 명 모두 늘 건강하고 튼튼하고 지혜롭게 잘 자라 주기를 조용히 기도한다. 나도 건강관리를 잘해서 저 아이들이 살면서 외롭고 힘들 때 잠시라도 들러서 휴식을 취할 수 있는 안식처가 되는 외갓집이 되도록 노력해야겠다고 다짐한다.

(2014)

친정아버지 생신

친정아버지의 생신은 일 년 중에서 가장 추운 계절인 음력 섣달 초 사흘 날이다. 우리 가족이 모두 꼭 참석해야 하는 최고의 가족 기념일 이다.

나는 초등학교 입학해서 학교생활이 시작된 후, 만 62세 정년퇴직을 할 때까지 눈이 오나 비가 오나 학교에 다녔다. 16년은 피교육자로서 학교에 다녔고, 그 후에는 교육자로서 학교를 내 집처럼 생각하면서 살았다. 학교는 방학이 있어서 너무 행복했다. 학교에 다닐 때는 힘들 기도 하고 지치기도 해서 우울할 때도 있었지만, 퇴직한 후에야 현직 이 얼마나 축복이었는지 깨닫게 되었다.

그 긴 현역 생활에서 가장 큰 애로사항은 집안에 중요한 행사가 있 을 때 편안하게 참석할 수 없다는 것이었다. 요사이는 공무원 연가 제 도가 잘 되어 있어서 집안 행사에 많이 참석할 수 있지만 예전에는 어림도 없었다. 특히 학교는 학생들을 지도해야 해서 입원하지 않는 한 출근해야만 했다.

나는 시가와 친가가 모두 서울에서 가장 먼 시골이어서 더욱 불편하고 어려웠다. 시댁은 부산이고 친정은 전남 고흥이어서 한번 다녀오려면 2박 3일은 걸려야만 했다. 그래서 시부모님 생신과 친정어머니 생신은 참석이 아예 불가능하고 네 분 부모님 중에서 유일하게 아버지 생신만 참석 가능했다. 엄동설한인 겨울 방학에 생신이 들어 있는 덕분이었다.

친정아버지 회갑도 겨울의 한복판에서 잔치하게 되었는데 겨울 북풍이 아주 심하게 불고 날씨도 엄청 추웠다. 그래도 시골의 풍습대로 많은 사람을 초대해서 크게 잔치했다. 아버지께서는 날씨가 좋지 않아서 초대한 손님들에게 송구스러워하면서도 무척 흐뭇해하셨다. 이유인즉 방학이라 큰딸인 나와 학교 다니는 손자가 모두 참석할 수 있었기 때문이었다.

친정아버지께서는 할머니께서 참 좋은 때에 아버지를 낳아주셨다고 즐거워했다. 나는 속으로 할머니께서 이 추운 계절에 아이를 낳고 가난한 심신 산골에서 산후조리는 어떻게 하셨을지 걱정되었다. 그리고 아이 목욕은 또 어떻게 시켰을까 생각만으로도 가슴이 아려왔다.

할머니께서 출산 시기를 잘 잡은 덕분에 나는 해마다 겨울 방학이 되면 아버지 생신에 맞추어서 아이 셋을 데리고 친정 나들이를 했다.

아버지께서는 생신보다 맏딸인 내가 친정에 온다는 사실에 더 크게 기뻐하고 좋아하셨다. 나에게 그동안 마음 깊이 쌓아둔 말씀을 하느라 여념이 없으셨다. 밥상을 마주하시고도 식사보다는 말씀만 계속하셨다. 대화 상대가 없어서 늘 외롭고 쓸쓸했던 것을 모두 토해내셨다. 너무나 문화가 다른 객지에서 사업을 하느라 얼마나 힘들고 외로우실지 미루어 짐작되었다.

내가 학교를 그만두고 자유의 몸이 되면 친정에 자주 와서 아버지와 식사도 하고, 아버지의 하소연도 들어 드리고 여행도 모시고 다니면서 한가롭게 딸 노릇을 해 보고 싶었다. 그런데 아버지께서는 뭐가 그리도 급하셨는지 내가 교장이 되는 것도 못 보고 하늘나라 할머니 곁으로 떠나셨다.

정년퇴직하고 남편이 동생 사업을 도우면서 나도 순천으로 이사를 왔다. 살아생전에 그렇게 딸 보고파서 목말라하셨는데 그것을 충족시켜 드리지 못한 것이 너무 죄송하고 안타까웠다. 현직에 있을 땐 직장 다니고 아이 셋을 키우느라 마음만 있었고 여력이 없었다. 지금은 셋 다 결혼시키고 퇴직도 한 터라 시간적으로나 정신적으로 한가한데 정작 아버지가 아니 계시니 안타까울 뿐이다. 지금은 종일 얘기를 들어 드릴 수 있고, 맛있는 것도 먹으면서 여행도 다닐 수 있는데 아무 소용이 없고 허무할 따름이다.

요사이는 우리 형제들이 모두 순천과 시골 농장에 모여 살고 있다.

모두 모여서 매일 아버지 생신 잔치를 해 드릴 수 있는데, 주인공인 아버지가 아니 계시니 공허할 뿐이다. 살아 계실 때 효도해야 한다는 어른들의 말씀이 가슴에 와닿는다.

세월이 어쩌면 이렇게도 빠른지 아버지 떠나신 지 엊그제 같은데 벌써 십 년 하고도 꼬리가 붙었다. 세월 흐르면 잊히리라 했더니 세월이 갈수록 그리움만 더해 갈 뿐이다.

지금 회사가 매우 번창하여서 보시면 무척 기뻐하실 텐데 아쉬움만 남는다. 아버지와 어머니의 뒤를 이어 언제인가는 나도 아이들의 곁을 떠나는 날이 올 것이다.

하루하루를 선물이라 생각하면서 매일매일을 생일처럼 살아야 할 것 같다.

(2018)

소아청소년과

인간의 진로 교육은 첫돌 때부터 시작된다. 우리 조상님들의 지혜가 정말 감탄스럽다. 돌잔치의 하이라이트는 첫돌을 맞은 주인공이 돌상에서 좋아하는 물건을 잡도록 한 후, 참여한 모든 사람이 즐거워하고 재미있어한다.

예전에는 의료시설의 부재로 아이들이 건강하게 잘 자라 주는 것을 최고로 생각하고 명주실을 잡는 것을 좋아했으나 요즈음에는 종류도 다양해졌다. 청진기도 잡게 하고 마이크도 잡게 해서 어른들이 웃고 즐긴다.

나의 자녀 중에서 나이팅게일을 좋아하고 존경하는 한 아이가 있었다. 그 아이의 꿈은 나이팅게일같이 훌륭한 간호사가 되는 것이었다. 그 아이는 바로 나의 둘째 딸이다. 그 시절에는 아들 낳는 것을 매우 선호하고 아이를 많이 낳는 건 커다란 허물이었다. 나는 결혼하자마자 조금의 망설임도 없이 용감하게 딸 둘을 연달아 낳았다.

가장 놀란 것은 나 자신이었다. 우리 집안은 아들이 많은 편이고, 남편 집안도 아들이 많은 편인데 어찌하여 나는 연달아 딸을 둘이나 낳았는지 도무지 이해되지 않고 수용이 되지 않았다. 그러나 엄연한 현실이었다. 냉혹한 현실 앞에서 나는 두 딸을 훌륭히 잘 키워서 서운해하는 주변 어른들을 위로해 드리고 싶었다.

그 아이가 한국 나이로 6살이 되었을 때, 늦가을쯤에 나는 셋째 아이를 낳았다. 대단한 모험이었지만 양쪽 부모님들의 성화에 못 이겨서, 효도하는 쪽으로 결정했다. 셋째는 다행히 아들이었다. 출산 휴가와 겨울 방학을 지내고 나니 다시 출근할 일이 걱정이었다.

궁여지책으로 나는 나의 둘째 딸에게 의지하게 되었다. 일곱 살이 되는 어린아이에게 유치원에 가지 말고 동생을 돌보라고 제안했다. 도우미를 구해서 아이를 맡겼지만 둘째 딸에게 도우미도 돕고 동생도 돌보라고 유치원을 보내지 않았다. 딸아이는 불평 한마디 없이 엄마의 제안을 수용하고 동생도 아주 잘 보살폈다. 우유도 잘 먹이고 기저귀도 잘 갈아주고, 꽤 야무지게 잘 돌보는 누나 엄마였다.

예전에 심훈의 『상록수』를 읽으면서 그 당시의 엄마들을 비난했는데 내가 당해 보니 충분히 이해되었다. 그리고 딸에게는 미안하지만, 안도의 웃음이 나왔다. 내가 계모인가 하면서….

그 딸아이가 고등학교로 진학한 후, 대학 입시 준비를 하면서 뜻밖에 의대를 지원하겠다고 했다. 난 당황하고 놀랐다. 의대라고 하면 피부터 생각났다. 그리고 아픈 사람을 안 아프게 해야 한다는 사실이 두려웠다.

사범대학에 진학해서 교사로서 평범하게 살기를 희망했다. 그래서 의대를 가면 전공을 무슨 과로 하고 싶으냐고 물었더니 소아과나 내과를 하고 싶다고 했다. 그 과는 피와는 거리가 좀 머니까 그렇게 하라고 허락하였다. 그 아이는 의대를 지원해서 합격한 후, 열심히 예과 2년을 다녔다. 그런데 놀라운 것은 엄청나게 놀았다. 수학 과외로 용돈을 자급자족하면서 부지런히 살았다. 성적도 좋았는데 특히 해부학 성적이 좋았다. 조금 의아했지만 고맙기만 했다. 의대 6년을 수학하고, 인턴 과정과 전문의 과정을 훌륭히 수료하여 소아청소년과 전문의가 되었다. 이어서 석사 과정과 박사과정을 공부하고 지금은 유능한 소아청소년과 의사다. 그 와중에 결혼해서 두 아들의 엄마이기도 하다.

남편의 미국 연수로 미국 가서 1년간 잘 지내다 오더니 개업하겠다고 선언했다. 우리 가족은 모두 개업 준비에 몰두해서 준비를 완료했다. 물론 본인이 제일 힘들었다. 병원 이름을 지어야 하는데 가족들에게 병원 이름을 공모해서 ㅇㅇㅇ소아청소년과로 결정했다. 40여 평의 정사각형인 병원은 인테리어를 예쁘게 해서 아주 마음에 쏙 들었다. 무엇보다 의사 선생님인 딸아이는 현재 두 아이를 키우고 있는 훌륭한 여자 선생님이다.

그 의사 선생님이 유능한 소아청소년과 선생님의 자질을 갖출 수 있었던 것은 일곱 살 때부터 동생을 키운 경력이 많이 도움이 된 것 같다. 초등학교 6년 동안도 그 아이는 동생을 엄마처럼 키웠다. 먹이고 입히는 것에서부터 데리고 자고 공부도 가르쳤다. 그때 나는 네가 시집가서 아이를 낳으면 키워주겠다고 약속했다. 그 빚 갚음으로 두 손자를 돌보느라 마음과 몸이 항상 분주했었는데, 내가 2년 전 순천에 이사 와서는 육아를 졸업한 셈이지만 마음은 항상 서울에 있다. 다행히 두 손자 녀석은 건강하게 무럭무럭 잘 자라 주고 공부도 곧잘 한다. 꿈이 뭐냐고 물었더니 둘 다 과학자라고 했다.

아빠와 엄마의 뒤를 이어 한 녀석은 판사가 되고, 한 녀석은 의사가 되었으면 하는 것이 나의 희망 사항이다.

(2017)

3 : 견우와 직녀

견우와 직녀는 1년에 한 번 기쁨으로 만나고 회포를 푸는데,
우리 가족은 3년 만에 만나는데도
반가움과 두려움이 공존하는 만남이었다.
전 국민이 반 이상 코로나19에 걸려서
어떤 사람들은 죽고, 치료 후에도 후유증으로 고생하고 있지만
아직도 끝이 보이질 않으니 너무나 답답하고 안타깝다.
요즘은 차라리 견우와 직녀가 부러울 지경이다.
빨리 코로나19가 종식되어
평범하면서도 행복한 일상으로 돌아가고 싶다.
오늘도 코로나19의 종식을 두 손 모아 간절히 기도한다.
100년 만에 보게 된다는
추석 보름달 슈퍼 문을 향해서 소원을 빌어 본다.
- 본문 중에서

여행과 멀미

사람들은 대부분 여행을 좋아한다. 그런데 예외도 있다. 내가 그 예외에 들어간다. 나는 어릴 때부터 차만 타면 멀미했다. 기차는 좀 나은 편이고 버스는 아주 심하고 비행기는 많이 타 보지 않았지만, 생각만으로도 두려웠다.

그래서 여행 계획이 잡히면 그때부터 혼자서 전전긍긍한다. 가까운 곳은 괜찮은데 몇 시간씩 버스를 탄다고 하면 걱정이 태산이다. 배나 비행기를 탈 일이 생기면 훨씬 더 걱정되어서 여행의 설렘이나 즐거움은 반으로 준다. 좀은 부끄럽고 시골스럽지만 타고난 체질인 걸 어쩌랴.

2006년 남편의 회갑이 가까울수록 여러 가지 궁리가 많아졌다. 회갑 잔치하는 것도 번잡하고 성가셔서 가족과 함께 간단히 식사하고, 남편과 나는 여행을 가기로 합의를 봤다. 그러나 여행지를 어디로 선택해야 할지 고민이었다. 비행기를 장시간 타지 않는 휴양지를 물색하다가 사이판으로 결정했다. 사이판은 미국령이어서 안전도 염려할 필요가 없고, 비행시간도 짧아서 좋을 것 같았다. 하나투어 패키지 상품을 예약하고 편안하게 바다를 즐기다가 올 계획을 세웠다.

사이판 여행으로 남편 회갑에 묶어서 내 회갑도 2년 당겨서 함께 하는 걸로 합의를 보고, 겨울 방학 때 다녀오기로 했다. 사이판은 바다가 아름다우니까 수영복도 새로 구입하는 등 여러 가지 준비를 했는데 가장 중요한 게 나의 멀미 대책이었다. 나는 여기저기서 흘려들은 정보를 바탕으로 키미테와 파스를 준비했다.

여행을 떠나는 날 공항에서 키미테를 붙이고 배꼽에 파스도 붙였다. 그러고는 마음을 편안히 먹고 멀미 걱정은 안 하기로 했다.

밤 비행기를 타고 깜빡 잠이 들었는데 깨어보니 벌써 사이판에 도착했다. 정작 걱정하던 일은 일어나지 않고 목적지에 무사히 도착하니 너무나 기뻤다. 이제 서울과 학교를 벗어나서 바다를 즐기기만 하면 되니까 너무 즐겁고 행복했다.

입국심사 때 뚱뚱한 흑인 여자 검색원이 검색하는데, 나는 당당히 검색에 임했다. 여행사에서 일행들이랑 함께 왔으므로 검색에 문제 될 것이 전혀 없다고 생각했다. 그런데 뜻밖에 검색대에서 소리가 울렸다. 나는 아무렇지도 않게 다시 검색받았다. 그런데 또 소리가 울렸다. 두 번째 울리니까 내가 좀 놀래고 남편의 얼굴은 사색이 되었다. 무식이 용감하다고 나는 그래도 괜찮겠지, 생각했다. 세 번째 검색하는데 나도 놀래서 배꼽을 보이면서 "멀미!" "파스!"라고 크게 외쳤다. 서툰 영어로 설명할 엄두가 나지 않았을 뿐만 아니라 나도 모르게 튀어나온 언어였다. 그때야 그 흑인 여인이 나를 통과시켰다. 남편과 나는 놀란 가슴을 쓸어내렸다.

사이판은 매우 아름다운 섬이었다.

호텔과 바다와 음식을 최고급으로 즐기면서 부족함이 전혀 없는 두 사람만의 회갑 잔치가 두 주인공만으로 근사하게 이루어졌다. 아쉬움이 전혀 없는 아름다운 여행이었다.

2009년 미국으로 유학 간 아들을 만나기 위해 2010년에 미국을 가게 되었다. 비행기를 14시간 타고 가야 하는데 걱정이 태산이었다. 미국 동부와 캐나다를 여행한 후에 시카고로 있는 아들을 만날 계획이었다. 장시간 비행기를 타야 하는데 또 멀미가 걱정되었다. 이번에는 파스를 붙일 수도 없고 다른 대책을 세워야 했다. 내가 잘 아는 한의사가 와인을 마시고 잠을 자라고 충고해 주었다.

하나투어 패키지를 이용해서 여행을 가는데 이번에도 밤에 비행기를 탔다. 저녁이 나왔는데 나는 멀미 때문에 먹을 생각이 전혀 없었다. 비빔밥이었는데 사람들이 너무 맛있게 먹고 있었다. 그래서 나도 비빔밥을 달라고 하고 와인을 주문했다. 와인 한 잔을 다 마시고 비빔밥을 반만 먹은 후에 또 와인 한 잔 더 청해 마셨다. 옆에서 남편이 놀라고 있었지만, 남편만 믿고 잠들어 버렸다. 한참을 잘 자고 있는데 이번엔 아침을 먹으라고 했다.

또 와인 한 잔 마시고 밥은 반만 먹은 후, 와인 한 잔 더 먹고 또 잤다. 한참을 자고 있는데 뉴욕에 도착했다고 깨웠다. 나는 웃음이 나왔다. 새삼 그 한의사님이 고마웠다. 내가 원래 달달한 화이트 와인을 좋아하는데 그날은 공짜에다 남편이 옆에 지키고 있으니까 마음 놓고 실컷 마셨다. 와인 맛도 달달하고 잠도 달콤했다.

이번에는 검색에 걸릴 것도 없으니 당당히 미국 입국 수속받았다. 공항 밖에서 현지 여행사 안내원이 대기하고 있었고, 한국에서 동행한 안내원과 한국인 운전기사, 이층 버스가 대기하고 있었다.

아주 쾌적한 여행으로 멀미 걱정은 하지 않게 되었고, 여행을 마치고 일행과 헤어져 시카고로 날아가서 사랑하는 아들과 함께 행복한 시간을 보냈다.

(2015)

태풍과 여행

　우리나라는 추석을 전후해서 태풍이 자주 찾아온다. 60년 전에도 태풍 사라호가 추석 때 직격탄을 날렸다.

　올해도 추석 일주일 전에 태풍 링링이 요란스럽게 지나가더니 추석을 즐겁게 지내고 뒤돌아서니 이번엔 태풍 17호 타파가 대한해협을 쓸고 지나가면서 영남지방에 피해를 많이 주었다.

　올가을에는 태풍이 왜 이렇게 자주 한반도를 찾아오는지 걱정이 된다. 강한 바람을 몰고 온 태풍 링링의 영향으로 수확기 과일이 많이 떨어져서 과수 농가엔 피해가 컸고, 추석 차례상 준비를 하는 소비자들도 비싼 과일을 먹을 수밖에 없었다.

　9월 달력을 넘기자마자 태풍 18호 미탁이 영호남지방을 휘젓고 지나갔다. 우리나라는 60년 만에 가장 많은 태풍의 영향을 받았는데 올해만 7차례나 태풍의 피해를 보는 불운을 겪었다.

작년 9월 14일 추석을 앞두고 50년 지기 친구랑 홍콩·마카오 여행을 예약했는데 16일 태풍 망궂이 홍콩을 지나간다고 했다. 걱정되어서 여행사에 문의했더니 태풍의 경로는 유동적이므로 예정대로 출발한단다. 여러 가지로 염려는 되었지만 어쩔 수 없이 예정대로 출발하였다.

홍콩에 도착한 첫날은 매우 재미있게 잘 놀았고 둘째 날도 맛있는 음식에 관광을 즐겼다. 오후는 마카오에 가는 일정이었다. 쾌속정을 타고 가서 카지노에서 도박 경험과 야경을 구경하고는 밤늦게 홍콩으로 되돌아오게 되어 있었다. 그런데 간간이 들려오는 태풍 소식에 조금씩 긴장이 되었다. 마카오에 가는 게 내키지 않았으나 단체 관광이니 어쩔 수 없이 일정대로 마카오행 쾌속정을 탔다.

마카오에 도착하니 태풍의 심각도가 홍콩과는 훨씬 달랐다. 점점 더 태풍이 가까이 다가오고 있었고 이게 보통 일이 아닌 것을 서서히 깨닫게 되었다. 태풍 속에서 홍콩으로 돌아가야 했고, 다음 날은 한국으로 가야 하는데 구경이고 뭐고 정신이 없었다.

카지노를 대충 둘러보고 이탈리아 베네치아를 모방해서 만든 명소에서 사진을 찍고 나니 가이드가 빨리 홍콩으로 돌아가야 한다고 상황을 설명했다. 어렵게 배표를 변경해서 예약했다고 양해를 구하면서 관광을 계약한 대로 다하지 못한 것에 대해서 이의를 제기하지 않겠다는 각서를 쓰게 했다.

천재지변이라 어쩔 수 없어 보상은 안 된다고 해서 웃음이 나왔다.

나는 무사히 홍콩으로 돌아갈 수만 있다면 만사 오케이였다.

배를 타고 가다가 배가 비바람에 전복될까 봐 무척 두려웠다. 다행히 거칠어진 파도를 헤치고 무사히 홍콩으로 돌아왔다. 홍콩에 도착하니 이제 한국으로 돌아가야 하는 과제가 버티고 있었다.

태풍 망굿 때문에 홍콩은 초비상사태에 들어갔다. 홍콩은 비상 체계가 단계별로 잘 체계화되어 있었다. 시그널 1호부터 12호까지 단계별로 조직화 되어 있었는데 태풍 망굿으로 시그널 10호가 발령되었다. 10호가 발령되면 모든 산업은 일체 중단되며 어떤 종류의 외출도 금지된다고 했다.

여행 와서 이런 일이 생기니 좀 황당했지만, 냉정히 대처할 수밖에 없었다. 비상식량을 준비하라고 해서 슈퍼에서 라면과 과일 등을 준비하고 호텔로 돌아왔다. 하루 더 묶게 되어도 호텔 방이 있어서 무척 다행이었다.

비행기가 오지도 가지도 못하니 새로운 투숙객이 없어서 그대로 그 방에서 지낼 수 있어서 그것만으로도 감사했다. 우리가 투숙한 방은 전망이 좋은 남향 방으로 10층에 있었다. 신식 호텔은 아니지만 대형 유리가 있는 경치 좋은 방이었고 공간도 넓어서 아주 마음에 들었다. 불행 중 다행이었다.

그날 밤도 그다음 날도 창밖을 보면서 하염없이 쏟아지는 비와 무섭게 성난 바람을 끝도 없이 구경하게 되었다. 길에는 사람은 물론이고 차도 안 다녔다. 오직 무서운 비바람만 홍콩의 주인이었다.

한국으로 돌아가야 하는데 돌아갈 비행기표가 문제였다. 예약된 비행기표는 이미 휴지가 되어버린 상태였다. 다음날 우리 일행은 아침을 먹고 가방을 챙겨서 모두 홍콩 공항으로 달려갔다. 우왕좌왕하면서 서투른 영어도 날리면서 겨우 비행기표를 구한 것만도 다행이었다.

비로소 모든 근심이 사라졌다. 대기 시간이 길어서 면세점을 구석구석 누비면서 가방도 사고, 손자들 옷도 사면서 즐기면서 돌아다녔다. 드디어 탑승 시간이 되어서 비행기를 타고 무사히 인천공항에 도착하였다. 도착 시간이 너무 늦어져서 귀갓길이 조금 걱정은 되었지만 무척 행복했다.

올가을에 자주 태풍이 오니까 작년 홍콩에서 만났던 태풍이 아련한 추억으로 떠올랐다. 고생은 했지만 즐겁고 특별한 여행이었다.

(2019)

견우와 직녀

　견우와 직녀는 견우성과 직녀성에 얽힌 설화로써 음력으로 칠월 칠석에 견우와 직녀가 1년에 1번 만나게 된다는 옛이야기이다.

　성실하던 두 선남선녀가 결혼하고는 사랑에 빠져 일을 하지 않아서 옥황상제에게 벌을 받게 되었다는 견우와 직녀 이야기, 이는 근로의 근본으로 알게 하는 교훈적인 의미가 있는 것 같다. 음력으로 칠월 칠일에 견우성과 직녀성이 가까워지는 우주 천체의 자연현상에서 생긴듯하다.

　2020년 1월 20일 처음으로 우리나라에 코로나19 확진자가 발생하게 되었다는 소식이 방송을 통해 전해졌다. 그때부터 코로나19 방역을 위해 정부와 전 국민은 한마음 한뜻으로 최선을 다해 노력하였다. 가장 중요한 덕목이 방역 마스크를 착용하고 사람 간의 접촉을 피하면서 자주 손을 깨끗이 씻고 손 소독을 잘하는 일이었다.

우리 인간은 사람과 어울려서 더불어 살아가는 사회적 동물이다. 누구나 인간관계가 아주 중요하다고 알고 있으며, 산다는 것은 사람을 만나서 차를 마시고 이야기를 주고받으면서 음식을 나눠 먹기도 하는 등의 교류를 의미한다. 그 과정에서 서로를 이해하면서 친해지고 정이 들게 된다.

그런데 코로나19가 전국을 강타하고 위중증 환자가 많이 발생하고 사망자가 매일 급증하면서 사람 간의 거리 두기가 의무화되었다. 만남을 자제하게 되었고, 직장인들도 재택근무가 일상화되면서 전 분야에서 비대면이 활성화되었다. 친한 사람을 만나게 되어도 반가워할 여유도 없이 재빨리 피하는 현실에 기가 막혔다.

우수한 과학자들의 피나는 노력으로 예방약이 만들어지고 우리 정부에서 재빨리 수입해서 무료로 예방접종이 시작되었다. 올해부터 50대 이후는 4차까지 예방주사를 맞게 되고 치료제가 수입되어 공포 분위기가 조금씩 완화되었다. 또한 4월 18일부터 사람 간의 거리 두기가 해제된다는 기쁜 소식이 전해졌다. 그 결과 출입국이 조금 자유로워지고 그에 맞춰 비행기 운항도 숨통이 틔기 시작했다.

미국 보스턴에 거주하는 아들 가족이 올 추석 전 2주 동안 휴가를 받아 한국에 와서 가족들과 지내고 싶다고 했다. 마음은 반가움과 걱정으로 혼란스러웠다. 아들네 가족이 2주를 무사히 한국에서 잘 보내고 미국으로 돌아가는 비행기에 탑승할 수 있을지 그것이 걱정되었다.

일이 잘못되어 가족 중에 확진자가 생기면 큰일이기에 그들의 한국방문이 반가워만 할 수가 없었다. 견우와 직녀는 1년에 1번이라도 전염병 걱정 없이 기쁨과 환희로 재회할 수 있었고 퇴로가 막히는 염려는 없었는데 우리 가족들은 3년 만에 만나는데도 기쁨 반, 근심 반이니 이렇게 기막힌 일이 또 어디 있겠는가.

아들 가족들이 8월 20일 오후에 인천공항에 들어와서 다음 날은 PCR 검사를 하고 음성이 확인된 후 외출할 수 있었다. 다행히 셋 다 음성이 나와서 가슴을 쓸어내렸다. 그들은 건강검진도 하고 가족 친지 친구들과 즐거운 시간을 함께 보낼 수 있었다.

우리 직계가족은 딸 둘 가족과 아들 가족을 합해서 모두 12명이다. 이만하면 나는 충분히 애국자라고 자부한다. 떠나기 전 일요일에 한국 전통 음식점에 모두 모여서 그동안 못했던 이야기들로 꽃을 피웠다. 서로 선물교환도 하고 덕담도 나누면서 맛있게 음식을 먹었다. 몰라보게 성장한 아이들은 서로를 바라보면서 거듭 감탄사를 연발하고 반가움과 기쁨을 나누었다.

삼 남매와 그 자녀들을 바라보면서 나도 모처럼 행복한 감정에 젖어들었다.

시간은 화살같이 흘러 아들네가 미국으로 돌아가야 하는데 이번엔 태풍이 몰려왔다. 9월 6일 출국 시간 아침에 태풍 힌남노가 우리나라 남해안을 강타한다는 소식에 걱정이 태산이었다.

다행히 태풍을 피해 간신히 뉴욕행 비행기에 탑승하여 14시간을 하늘에서 먹기도 하고 자기도 하면서 목적지에 도착하고 다음 날 보스턴 집에 돌아왔다고 카톡으로 연락이 왔다. 무사히 귀가했다는 소식이 만날 때보다 훨씬 감격스러웠다. 눈물겹도록 고마웠다.

견우와 직녀는 1년에 한 번 기쁨으로 만나고 회포를 푸는데, 우리 가족은 3년 만에 만나는데도 반가움과 두려움이 공존하는 만남이었다. 전 국민이 반 이상 코로나19에 걸려서 어떤 사람들은 죽고, 치료 후에도 후유증으로 고생하고 있지만 아직도 끝이 보이질 않으니 너무나 답답하고 안타깝다.

요즘은 차라리 견우와 직녀가 부러울 지경이다. 빨리 코로나19가 종식되어 평범하면서도 행복한 일상으로 돌아가고 싶다. 오늘도 코로나19의 종식을 두 손 모아 간절히 기도한다. 100년 만에 보게 된다는 추석 보름달 슈퍼 문을 향해서 소원을 빌어 본다.

(2022)

나이아가라 폭포

노들길에서 김포공항 가도를 달리면 목동으로 진입하는 길 조금 못 미쳐서 나이아가라 폭포가 있고, 조금만 더 가면 한강 변에 나이아가라 호텔이 있다. 폭포는 에너지 절약 관계로 주로 더운 여름철에만 가동하는데, 폭포 물이 철철 흐르면 정말 시원하고 경관이 아름답다.

2010년 여름, 나는 한국의 나이아가라가 아니라 미국과 캐나다에 걸쳐있는 세계적인 나이아가라 폭포를 직접 보기 위해 6박 8일의 미국 동부와 캐나다 여행길에 올랐다.

아들이 미국에 유학을 떠난 후 아들이 어떤 집에서 어떻게 사는지 무척 궁금하던 차에 여행 겸 아들 방문 겸 미국 동부 및 캐나다 관광을 하기로 하고, 나이아가라 폭포를 직접 체험하려는 계획을 세웠다. 그리고 다시 뉴욕으로 와서 1박을 하고, 시카고행 비행기를 타고 아들과 상봉할 예정이었다.

인천공항에서 14시간 비행 후에 뉴욕에 도착하여 입국 절차를 밟고 광장으로 나오니 현지 가이드가 마중 나와 있었다.

우리 여행 인원은 총 24명이고, 한국 가이드와 미국 현지 가이드를 합해서 모두 26명이 긴 여행을 하게 되었는데, 놀라운 것은 55인 승대형 이층 버스에 기사가 한국인이었다. 그래서 버스에서나 여행지에서나 미국이라는 두려움이 없어지고 마음이 너무 편안했다. 해외라는 불안감이 별로 느껴지지 않았다. 더욱이 영어가 서투르다는 점이 문제가 되지 않는다는 사실에 배시시 행복한 웃음이 나왔다. 한국의 예쁜 여자 가이드에 현지의 건장한 카우보이 같은 교민 남자 가이드가 구석구석을 친절하게 설명해 주고, 식사도 한국 식당과 미국 식당을 알맞게 섞어서 안내해 주어서 편안했다. 미국에서 순두부를 먹는 맛이란 참 묘했다.

첫날밤 뉴욕 외곽 호텔에서 잠을 자고 다음 날 아침 1층 식당에서 식사했는데 그만 핸드백을 식당에 두고 나왔다. 룸에 들어와서 양치질하다가 생각이 났다. 깜짝 놀라서 식당으로 내려갔더니 핸드백이 사라졌다. 아득하고 멍한 채 가이드에게 말했더니 화를 버럭 냈다. 주눅이 들어서 여기저기 기웃거리는데 누군가가 카운터에 맡겨 두었다. 정말 고맙고 반가웠다. 그 이후로 핸드백만 지켰다. 우리 일행은 뉴욕에서 워싱턴을 거쳐서 캐나다로 향했다. 워싱턴에서 7시간 버스를 타고 가면서 미국의 전원 풍경을 구경하는 것도 참 좋았다.

나이아가라 폭포를 보기 위해서 미국에서 캐나다로 건너가는 다리 입구에서 입국 절차를 밟고 캐나다로 건너갔다. 드디어 나이아가라 폭포를 보게 되었는데 정말 그 규모가 굉장했다. 나이아가라는 인디언 말로 천둥소리라는 뜻이라고 했다. 처음 이 거대한 천둥소리의 실체를 파악했을 때는 정말 놀라서 입이 다물어지지 않았으리라 생각된다.

관광객도 너무너무 많았다. 여름 휴가철을 맞아 전 세계인들이 모두 캐나다의 나이아가라 폭포로 몰려온 것만 같았다.

한국에서 그림 같은 나이아가라 폭포를 보다가 현지에서 직접 보니 감개무량했다. 갑자기 미국과 캐나다가 아주 부러웠다. 저 많은 관광객이 수많은 외화를 뿌리고 갈 텐데, 그 수입이 국가와 국민에게 얼마나 도움이 될지 미루어 짐작되었다. 가이드가 나이아가라 폭포가 훤히 내려다보이는 곳에 호텔을 잡아 두었다. 숙소에서 내려다보는 나이아가라 폭포는 천국 같았다. 세상의 근심이나 아픔이 모두 폭포 아래로 추락해서 거품으로 깨끗이 사라져 버리는 것 같았다. 폭포 위에는 무지개가 걸려있었는데 무척 아름답고 황홀했다. 우리 일행은 함께 감탄의 비명을 질렀다.

나이아가라 국립공원에서 추천하는 선택 관광으로는 경비행기 투어, 나이아가라 헬기 관광, 나이아가라 제트보트, 바닷가재 요리 등이 있었다. 관광객의 대부분은 제트보트 관광을 선택했다. 나도 좀 무서웠지만 다른 사람들이 가장 많이 선택하는 제트보트를 선택했다.

제트보트를 타기 위해서 대기 장소에 모였는데, 설명하는 사람이 잘생긴 한국인이었다. 이 먼 미국에서 관광지에 한국인 안내가 한국말로 설명하는 것이 정말 고맙고 신기했다. 우비를 입고 완전 무장을 한 후, 제트보트에 올라탔는데 제트보트 위에서 설명과 지시를 하는 안내인이 있었는데 역시 아름다운 한국 여자가 유창한 한국어로 설명을 해주었다. 나는 다시 한번 조국에 감사하는 마음으로 가슴이 뭉클함을 느꼈다. 조국 대한민국의 힘이 이곳까지 미치고 있음에 감사드렸다.

제트보트는 본체가 티타늄으로 제작된 특수한 보트로서 세계적으로 알려진 관광코스 중에서 가장 유명한 곳이다. 나이아가라강 하류 온타리오 호수가 시작되는 지역에서 출발하여 세계 유명 연예인들의 아름다운 별장지대와 월풀 협곡 사이에서 고속으로 느끼는 스릴과 서스펜스로 잊지 못할 추억을 만들었으며, 만 2천 년의 역사가 만들어낸 나이아가라강의 협곡을 온몸으로 느낄 수 있는 환상적인 곳이었다. 나는 폭포에서 배가 한 번씩 뒤집히고 물을 뒤집어쓸 때마다 사고가 나서 죽을까 봐 조마조마했다.

1시간 정도 폭포와 협곡과 물세례로 온통 흥분한 상태에서 출발했던 곳으로 되돌아왔다. 그때야 나는 살아 있음에 안도의 숨을 쉴 수 있었다. 역시 나이아가라 폭포는 위대하고 대단하다. 세상에서 가장 경이로운 것은 자연이라는 사실을 다시 한번 느꼈다.

(2012)

라벤더 축제

3년 전 8월, 남편의 여름휴가를 이용해 일본 홋카이도로 3박 4일 일정으로 라벤더 축제에 갔다. 홋카이도는 겨울에는 아름다운 설경으로 유명하고, 여름에는 보랏빛 라벤더꽃과 형형색색의 눈부신 여름꽃 축제로 알려진 곳이다.

그런데 우리가 토미타 농장에 도착했을 때는 여행사의 홍보와 다르게 라벤더꽃은 절정을 지나서 끝 무렵이었다. 활짝 핀 보라색 라벤더꽃의 향연에 들떠 있었는데 지고 있어서 실망이 컸다. 어느 꽃 축제든 타이밍이 아주 중요한데….

라벤더를 마음껏 즐기려면 6월 말부터 7월에 와야 하는 것을 그곳에 가서야 알았다. 조금 시들긴 했어도 다른 꽃들과 어우러진 보랏빛 들판에 은은한 향기도 솔솔 풍겨 나와서 나름 행복했다.

4년 전, 친구들과 벚꽃 구경하러 규슈에 갔을 때는 너무 일찍 가서 아직 벚꽃이 피지 않아서 훗날을 기약해야만 했다. 꽃이 피는 것은 그 시기의 날씨와도 관계가 깊어서 잘 맞추어야 하는데 해외여행은 미리 사전 예약을 하는 것이어서 개화 시기와 꼭 맞추기란 어려운 것 같다.

홋카이도 토미타 농장의 라벤더 사랑을 회상하면서 올해 6월 19일 일요일에 열리는 정읍의 라벤더 축제를 보러 갔다. 정읍의 라벤더 축제는 6월 1일부터 7월 10일까지 열리는데 꽃은 축제의 중간쯤에 가야 최상의 아름다움과 향기를 즐길 수 있는데 마침 적기에 방문하게 된 것 같다. 모든 축제는 사람들로 북적여서 사람이 적은 시간인 오전 시간을 이용하려고 아침 일찍 길을 나섰다.

정읍 허브원은 전북 칠보산 등성이에 편안하게 자리 잡고 있었다. 대략 10만 평의 규모로, 현재 약 30만여 주의 라벤더와 4만여 주의 라반딘과 헤아릴 수 없는 수많은 코스모스 꽃밭이 조화롭게 형성되어 있었다. 그래서 '라라코 축제'라고 부르기도 한다. 라반딘은 라벤더 품종의 잡종으로 꽃은 라벤더보다 늦게까지 피는 것 같다.

정읍 허브원은 국내 라벤더 단일 단지로는 최대 규모이며 단지 내 카페도 아주 훌륭하게 꾸며져 있고 주차장도 넓고 깨끗하게 잘 정비되어 있었다. 아름다운 꽃과 향기를 편안한 마음으로 즐길 수 있도록 잘 가꾸어져 있었다. 농장 주인과 농부들의 따뜻한 손길을 느끼면서 감사하는 마음으로 주변의 산세와 농장을 폭넓게 둘러보았다.

라벤더 꽃말은 정절, 풍부한 향기, 기대 등이다. 병풍처럼 펼쳐진

칠보산 자락 주변의 초록빛 산세와 잘 어우러져 꽃 피운 아름다운 라벤더를 보면서 행복감이 솔솔 피어올랐다. 멋지게 조성된 산책길 꽃들 사잇길을 살랑살랑 걸으면서 꽃도 보고 사진도 찍었다. 꽃향기와 더불어 신선한 바람을 피부로 느끼면서 잠시나마 코로나를 잊고 행복한 시간을 만끽할 수 있었다.

꽃을 즐기면서 걸으니, 목이 말라 카페에 들어갔다. 코로나로 인해 카페에서 한가롭게 커피를 마시고 싶은 욕구를 꾹꾹 누르면서 참아왔는데 허브원 카페는 넓은 야산 언덕에 2층으로 아름답게 자리 잡고 있어서 마음에 쏙 들었다. 시간도 일러서 사람이 많지 않았고 야외와 연결되어 있어서 모처럼 편안한 마음으로 여유롭게 빵과 허브향 커피를 마셨다. 카페의 분위기와 차의 맛은 나를 황홀하게 했다.

나는 꽃도 좋아하고 기르는 것도 좋아한다. 라벤더는 보라색을 사랑하는 취향에 꼭 맞는 꽃이다. 라벤더 화분을 팔고 있어서 사서 길러 볼까 싶어서 기웃대다가 그만두었다. 라벤더는 수많은 꽃송이가 함께 있어야 아름답고 진한 향기도 맡을 수 있다. 꽃 대신 허브향 비누만 샀다. 집에 와서도 여전히 라벤더꽃이 눈에 삼삼하다. 화분을 몇 개 사 와서 사랑으로 가꾸어 볼 걸 하는 아쉬움이 떠나지 않는다.

내년에는 더 많이 자라서 훨씬 아름답고 향기로운 라벤더를 볼 수 있기를 기대해 보면서 라벤더를 열심히 키우고 가꾸는 사랑스러운 손길에 존경의 마음을 보낸다.

(2022)

노을 여행

　20여 년 전 나는 월촌중학교에 근무했다. 그때 만난 친구들이 지금도 두 달에 한 번씩 정기적으로 만나고 있다. 세월은 흐르고 흘러서 얼굴에 주름은 늘어 가지만 우리 7명 친구는 변함없이 아름다운 우정으로 좋은 추억을 만들어 가며 잘 지내고 있다. 그때는 자녀들이 한창 학교 다닐 때라서 모이면 아이들 얘기로 시간이 모자랐는데, 지금은 만나면 손자들 얘기와 건강 얘기로 꽃을 피운다.

　사람의 인연은 참 소중하다. 모임 이름이 '소담회'이다. 회원들은 모두 아주 성실하고 모범적인 교사이며, 훌륭한 부모들이었다. 지금은 모두 퇴직하고 평범한 시민으로서 맡은 바 책임을 다하는 건강한 국민이다.

　지난해 6월 둘째 주 토요일 정기 모임은 '춘천 여행'인데 이름하여 '노을 여행'이었다.

지하철로 가면 지정 좌석이 없어서 고생스럽다고 미리 ITX 청춘열차 표를 예매해서 출발했다. 서울로 돌아올 때는 노을이 바라보이는 쪽으로 예매를 해 두었다.

춘천 도착 후 시티투어로 춘천을 구경하려고 했는데, 좌석이 두 자리밖에 없어서 우리 일행은 음식점에서 제공해 주는 미니버스로 여행을 다녔다. 춘천의 강원 도립 수목원인 화목원은 무척 아름답고 조용했다. 우리는 옛 얘기꽃을 피우며 우정을 다졌고 맛있는 점심도 먹었다. 소양강 댐 구경하고 건너편 정자까지 올라가서 시원한 바람을 포옹하고 물 박물관도 구경했다.

춘천 명물인 소양강 소녀상을 본 후, 스카이 워크를 걷는 이색 체험을 하고는 저녁을 맛있게 먹고는 오늘의 하이라이트인 노을을 볼 생각으로 춘천역으로 향했다. 그런데 하늘이 어째 수상해 보였다. 구름이 쫙 깔려있어 노을을 보긴 쉽지 않을 듯했다.

여름이라 오후 7시 30분 출발하는 열차를 타면 저녁노을을 보기 딱 좋은 시간이라고 흐뭇해하면서 열차에 올라 둘씩 자리를 잡고 노을 구경할 모든 준비를 갖추었는데, 수상한 하늘은 비를 잔뜩 머금기 시작했다.

노을도 하늘이 도와주어야 볼 수 있는 것인가? 서울 도착하니 9시가 넘었는데 빗방울이 떨어지기 시작했다. 노을 구경은 실패했지만, 친구들과의 행복한 여행이었다.

춘천 여행에서 못 본 노을을 비행기에서 보려고 지난해 6월 말에 대학 때 친구들과 싱가포르 여행을 가기로 했다. 저녁 7시 30분 출발하는 비행기라 노을 보기 딱 좋은 시간이었다. 기대에 부풀어 탑승하려고 했는데 비행기 출발이 지연된다는 방송이 전파를 타고 흘러나왔다. 이번에도 노을 보기는 틀렸다. 서운했지만 어쩔 수 없는 일이었다. 비행기는 기내식 파동으로 3시간이나 늦게 출발했다.

싱가포르와 인도네시아 바탐에서도 노을을 보려 했으나 비가 계속 오락가락해서 내내 노을은 볼 수 없었다. 앞으로도 나의 노을 여행은 계속될 것으로 생각하며 아쉬움을 달랬다.

순천으로 돌아와서 과거의 노을 여행을 떠올려 봤다. 10여 년 전 남편 회갑 기념으로 사이판 가는 비행기를 밤에 탔었다. 잠깐 한숨 자고 밖이 훤해서 놀라 잠에서 깼다. 좌석이 창 쪽이라 밖을 내다봤더니 떠오르는 노을이 예쁘게 배경으로 깔려있었다.

순천으로 이사 오기 전 서울의 우리 집은 남서향 아파트였다. 게다가 집 앞쪽에 높은 건물이 없고 7층 높이의 상가 건물만이 있었다. 11층 우리 집은 시야가 아주 훤히 틔어서 시원하고 좋았고, 여름엔 해가 꼴깍 넘어가기 전후의 저녁노을이 아름답고 황홀했었다.

나의 황혼도 노을처럼 아름다우면 얼마나 좋을까 하고 조용히 생각해 본다.

(2019)

MIT와 하버드

2015년 8월 초, 둘째 딸 가족이 미국 시카고로 이사 가게 되었다. 사위가 시카고의 켄트대학에서 연수를 받게 되어서 딸네 가족이 영어권 문화에 진입하게 되었는데, 나는 좋기보다는 두려움이 앞섰다. 다행히 첫째인 태현이는 영어 유치원을 다녔고, 초등학교에 입학해서도 꾸준히 영어학원을 다녀서 조금은 도움이 될 것 같았다.

태현네는 시카고 외곽의 전형적인 미국마을에 짐을 풀고 미국 생활을 시작했다. 태현이는 초등학교 4학년에 다니게 되고, 성현이는 만 5세가 되지 않아서 유치원에 입학하지 못하고 어린이집에다 적을 두고 언어가 통하지 않는 새로운 환경에 접어들었다.

아이들이 떠나고 곧바로 나와 남편도 미국에 갈 궁리를 열심히 했다. 먼저 시카고에 가서 태현이네 가족을 만나고, 그들과 함께 보스턴에 사는 아들네 가족을 만날 계획을 세우고, 비행기표를 예약하고 여러 가지 준비를 하기 시작했다. 추석엔 차례를 모셔야 하니까 추석을 지내고 10월 9일에 출발하였다.

비행기를 타고 13시간이나 날아가서 드디어 시카고 오헤어 공항에 도착했다. 까다로운 입국 절차를 거쳐서 너무나 그리웠던 태현이 형제와 딸 부부를 만났다. 태현이와 성현이가 매일 매일 눈앞에 아른거렸는데, 손자들과 만남은 무척 감격스러웠다. 우리 일행은 30여 분 달려서 태현이네 집에 도착했다. 집과 마을은 우리가 그림에서 보는 아름다운 미국 전원 풍경이었다. 남자 어린이 2명이라 층간 소음이 염려되어 1층을 임대해서 조금 어둡기는 했지만, 차고도 있고 현관 앞에는 다람쥐가 놀고 있어서 한가롭고 평화스러워 보였다.

태현이는 학교에 가야 하고 성현이도 어린이집에 가야 해서 함께 긴 시간 여행할 수 없어서 잠깐씩 놀러 다니고 애들이 귀가하면 함께 쇼핑을 즐겼다. 5년 전에 미국 왔을 때 시카고는 대충했으니, 이번엔 보스턴 관광에 역점을 두었다. 아들이 보스턴에 있는 MIT 공과대학에서 연구하고 있으므로 MIT 공과대학과 하버드대학의 견학을 중요하게 생각했다.

시카고에서 이틀을 머물다가 보스턴 비행기를 타러 나갔다. 탑승 수속을 다 마치고 비행기에서 2시간을 기다렸는데, 보스턴에 폭우가 내려서 결항이라는 안내방송이 나왔다. 우리 가족은 황당해하면서 다음 날 비행기를 예약하고 딸네 집으로 되돌아왔다. 어처구니없고 서운했지만 방법이 없었다. 시카고에서 보스턴까지는 비행기로 2시간 거리였다. 승용차로 가기에 너무 먼 거리여서 체념하고 돌아오는 길에 저녁을 먹으러 갔다.

'서초 가든'이라는 갈빗집으로 들어가서, 갈비도 먹고 김치찌개도 먹고 한국인 주인과 담소도 나누었다. 미국 땅에 있는 한국 갈빗집에서 밥을 먹으니 즐겁고 편안했다. 놀라운 것은 미국인 10여 명이 단체로 몰려와서 신나게 한국 음식을 먹고 있다는 사실이었다. 세계가 하나라는 사실이 새삼스럽게 현실로 느껴졌다.

이튿날 보스턴에 도착해서 공항에 마중 나온 아들과 회포를 풀고 지하철로 이동했다. 일행이 많아서 승용차로 이동이 불가능하고 지하철을 타 보는 것도 좋은 경험이라 생각되었다. 그런데 보스턴 지하철을 타고는 많이 실망 했다. 완전히 고철 덩어리처럼 느껴졌다. 덜커덩거리고 가다가 서다 가기를 반복하여 불안한데, 미국인들은 아무렇지도 않고 평화스러워 보이기까지 했다. 비행기 결항 때도 놀랐는데 지하철을 타고 또 한 번 놀랐다. 우리나라 지하철이 얼마나 좋은지 다시 한번 감사하는 마음이었다.

다음 날 보스턴 시내 관광을 하게 되었는데, 딸네 가족과 아들네 가족이 함께하니 9명의 대 부대가 움직였다. 내가 아무리 애교를 부려도 친손녀 예린이는 낯을 가려서 마주 보고 웃어주지를 않았다. 첫돌 때 한국에서 돌잔치 때 보고, 그 후 3번 정도 더 만난 것이 6개월 전이니 충분히 이해되었다. 나의 보스턴 여행의 목표는 관광이 아니라 할머니에게 활짝 웃어주는 예린이의 장미꽃 같은 모습을 보는 것이 되었다.

보스턴 관광은 수륙양용차인 '덕 투어'로 시내 관광을 먼저하고 찰스강을 유람하였다. 시내 관광을 할 때 운전기사 겸 가이드가 영어로 열심히 설명하는데, 알아들을 수가 없어서 답답하고 가이드에게 미안했다. 5년 전 미국방문 때는 가이드와 운전기사가 두 분 모두 한국인이어서 편안했다는 생각이 스치고 지나갔다. 찰스강을 유람할 때는 강에서 바라보는 MIT 공대가 햇살을 받아 너무나 아름답고 황홀했다. 얼른 육지에 내려서 아들이 연구하는 실험실에 가 보고 싶어졌다.

MIT는 Massachusetts Institute of Technology의 약자로 1861년 물리학자 겸 지질학자인 윌리엄 바턴 로저스에 의해 설립된 학교다. 창립 이래 순수과학, 공학, 건축학 등등 여러 학문 분야에서 21세기의 발전을 주도하는 대단한 영향력을 발휘하고 있는 학교로서, 많은 노벨상 수상자를 배출한 대학으로 유명하다. 각 건물을 구경했는데 고전적인 대학 건물이 아니라 기하학적이면서 포스트모던한 분위기를 풍기고 있었다. 역시 공대로서의 세계적인 명성을 잘 표현한 것 같았다.

하버드대학으로 가면서 랍스터 전문 식당에서 점심을 먹었는데, 어른들은 즐기면서 먹었지만, 아이들이 별로 좋아하지 않았다.

하버드대학에 도착하니 유럽풍의 고전적인 건물들이 많았다. 하버드대학은 1636년 매사추세츠에 설립되었고, 1638년 찰스타운에 존 하버드 목사가 400여 권의 도서와 재산의 절반을 기증하면서 그의 공적을 기려 '하버드 칼리지'로 명명하게 되었다. 그의 공헌을 후세에 전하기 위해 교정에 하버드 동상을 만들어 두었는데, 지금은 그 동상이 최대의 명물이다. 동상인 하버드의 발을 만지면 하버드 대학교에 입학할 수 있다는 설이 있어서 모든 관광객이 그 앞에서 발을 만지고 사진을 찍었다. 우리 가족도 그의 발을 만져보고 사진도 찍었다. 또한 하버드 대의 '메모리얼 처치'가 유명한 건물이며 '사이언스 센터'의 천문대도 꼭 보아야 하는 명소이다.

우리 가족은 유명한 두 대학을 구경하면서 많은 사람도 만나게 되었다. 우리나라 사람도 많았지만, 중국 관광객이 정말 많았다. 여기서도 중국의 힘이 대단함을 느꼈다. 미국의 유명한 대학마다 연구실에 우리나라 학생과 중국인 학생, 인도인 학생들이 가장 열심히 공부하고 연구한다고 들었는데 그 현실이 피부에 와 닿았다. 하버드대학에 축제가 열리고 있어서 축제를 구경한 후 일식 레스토랑에 가서 일식 로스구이를 먹었는데, 아이들과 어른들 모두 대만족이었다. 이때 가족이 모여서 편안한 분위기가 되니까 예린이가 아낌없이 활짝 웃어주어서 우리 가족 모두를 기쁘게 했다.

식사 후 예린이네 집에 가서 집을 구경하고 호텔로 돌아왔다. 예린이 집은 새 아파트여서 시설도 좋고 주변도 깨끗했으며 보안도 잘되어 있다고 해서 아주 만족스러웠다. 그동안 아들이 어떤 집에서 어떻게 사나 궁금했는데 잘살고 있어서 무척 고맙고 대견스러웠다.

　다음날 아들네 가족을 보스턴에 남겨 둔 채, 딸네 가족과 우리 부부는 시카고행 비행기에 올랐다. 예린이와 조금 친해졌는데 또다시 긴 이별을 하게 되어서 안타깝고 아쉬웠다. 예린이가 건강하게 잘 자라고, 며느리도 빨리 박사학위를 받고, 박사 후 과정에 있는 아들도 좋은 연구 성과를 거두어 행복과 희망이 넘치는 가정이 되기를 간절히 기원한다.

(2016)

마스크의 여행

사람들은 새해가 되면 자기 나름대로 각자의 소원을 빈다. 그리고 건강하고 행복하게 한 해를 보낼 수 있는 희망적인 계획을 세운다.

우리 부부도 2020년 경자년 대망의 새해를 맞이하여 원하는 일들이 모두 이루어지기를 기원하면서 가족과 친구, 이웃들에게 미소와 덕담을 주고받으면서 힘찬 새 출발을 하였다.

그러나 새해를 맞이한 기쁨도 잠시였다. TV 뉴스를 통해 '우한 폐렴'이라 불리는 무시무시한 바이러스가 소개된 것은 새해를 맞이한 지 불과 20여 일밖에 지나지 않은 시점이었다. 전혀 들어보지도 못한 새로운 질병인데 치명률이 무척 높다고 해서 사람들의 근심이 매우 컸다.

지금은 겨울 방학 중이고 설날 연휴를 이용해서 해외여행을 많이 다니는 시즌이라 걱정이 더 컸다. 큰딸 가족은 영국과 프랑스 여행이 예약되어 있었고, 작은딸 가족은 이탈리아 여행을 예약해 둔 상태였다.

여행을 취소하기엔 이미 너무 늦어 있어서 우울한 마음으로 근심을 안고 여행을 진행할 수밖에 없었다. 시간은 흘러 다행히도 아이들은 무사히 여행을 끝내고 돌아오긴 했는데 바이러스가 해외뿐만 아니라 우리나라 대구를 덮쳤다. 얼마나 전파력이 무서운지 삽시간에 불꽃처럼 번져 나갔다. 특히 고령층이 많이 모여 있는 집단에서 환자가 무더기로 발생하고 있으며 치료도 어렵고 사망률도 높다고 매일매일 뉴스가 쏟아져 나왔다.

그래도 다행인 것은 공기전염이 아니라 비말감염이라는 것이었다. 유일한 대안이 마스크를 올바르게 착용하는 것과 열심히 손을 씻는 것이라고 했다. 마스크는 나를 보호할 뿐만 아니라 상대방을 배려하는 소중한 보물 같은 것이었다. 마스크 잘 쓰고 손 잘 씻는 것은 그다지 어렵지 않은 것 같은데 문제는 시중에서 마스크 구하기가 어렵다는 것이었다. 그동안 미세먼지 때문에 마스크를 간혹 사용해 왔지만 이렇게 마스크가 소중한 줄은 몰랐다.

미국에 있는 아들이 한국에서 마스크 구하기가 어렵다는 뉴스를 접하고는 제 부모인 우리의 마스크 걱정을 했다. 미국에 약간 준비해 둔 것이 있으니 급하면 보내 드릴 수 있다고 해서 고맙기도 하고 그 귀한 마스크를 준비해 두었다니 감격이었다. 난 외출을 안 하면 되고 아버지는 회사에 충분히 준비해 두었으니 걱정하지 말고 너희나 잘 사용해서 확실하게 막아내라고 신신당부했다.

3월이 되니 미국 뉴욕에 코로나가 확산이 되어 매일 사람이 죽어 나간다고 뉴스마다 끔찍한 사진들을 보여주었다. 이젠 미국의 마스크 수급이 국제 문제로 등장했다. 중국이 세계의 마스크를 몽땅 수입해서 중국 외의 국가들은 의료용 마스크도 없다고 난리들이었다.

둘째 딸은 병원을 운영하고 있는데 병원 직원용 마스크 구하기도 어렵다고 걱정이 태산이었다. 이런 위급한 상황에서 정부의 비상 대책으로 1인당 주 2매씩 배급식 마스크 판매가 시작되었다. 그나마 다행이었다. 주 2매씩 열심히 마스크를 구해서 미국으로 보낼 준비를 했다. 날씨가 더워지면 코로나19가 잠잠해진다고 해서 기대하고 있었는데 날이 갈수록 전 세계가 코로나19에 휘말려 헤어나지를 못하고 있는 현실이 너무 안타까웠다. 세계 최강 미국이 이렇게 속수무책으로 당하고만 있다니 마음이 허탈해졌다.

4월 들어 정식으로 미국에 마스크 보내는 것이 가능해져서 처음으로 1인당 8매씩 총 24매를 송부할 수 있었다. 아들에게 마스크가 전달되려면 한 달 정도 걸린다고 했다. 시간이 걸려도 잘 도착만 하면 고마운 일이었다. 한 달 후에 또 보낼 계획이었는데 한국에 마스크 수급 사정이 좋아져서 5월 18일부터 3개월 치 1인당 36매씩 보낼 수 있다고 해서 총 108매를 동강우체국에 가서 부쳤다.

우리가 지방에 살고 있어서 마스크가 여러 가지 교통수단을 번갈아 이용하면서 꽤 긴 여행을 해야만 했다. 동강우체국에서 접수한 마스크

박스는 순천집중국으로 보내지고 다시 광주우편집중국으로 모여서 다시 서울의 국제우편물류센터로 총집결하게 된다. 그 후 인천공항 운송사로 전국의 물량들이 모두 모여서 미국행 비행기를 타게 된다.

이것들이 무사히 태평양을 건너고 뉴욕에 도착하게 되면 다시 물류차에 실려 4시간 정도를 달려서 보스턴에 도착한다. 그리고 우리 아들의 아파트에 도착함으로써 긴긴 여행을 마치고 아들네에 전달된다. 다행히 교통편 연결이 잘 되어서 2주 정도 걸렸다면서 며느리가 좋아했다.

마스크가 무사히 도착했다고 해서 무척 반갑고 기뻤다. 난리 통이어서 잘못 배달되든지 아니면 분실 사고라도 날까 봐 계속 걱정되었다. 이들 소중한 마스크들이 아들 내외와 손녀의 생명을 지켜주는 소중한 보물이라는 생각에 너무도 귀하고 감사한 물건들이었다.

석 달 후 마스크 수급 사정이 더욱 좋아져서 8월 25일에는 270매를 송부할 수 있었다. 이번엔 비행기 편도 좋아져서 1주일 만에 도착했다고 연락이 왔다. 나 대신에 이렇게 배달해 주니 정말 감격이었다.

세계적인 위협인 이 코로나19가 빨리 종식되어 세계의 전 인류가 예전의 평화로운 일상으로 다시 돌아갈 수 있기를 간절하게 바라면서 기도하는 마음이다.

(2020)

4 : 휴스턴의 키다리 아저씨

학교에 1통의 국제 우편물이 배달되었다.
사실 요사이는 잘 모르는 우편물이 도착하면
의혹과 함께 두려움이 앞선다.
그 편지는 동화 속의 '키다리 아저씨 편지'였다.
본교 교직원들의 아름다운 마음씨를 언론을 통해서 보고
감명을 받아서 미국 휴스턴 난곡도움회라는 모임을 만들었으며,
매월 450$씩 장학금을 보낼 테니
어려운 학생들을 도와달라는 내용의 글과 함께
450$의 미화가 동봉되어 있었다.
- 본문 중에서

느티나무 선생님

　진달래 봉오리가 꽃망울을 터트리던 조금 이른 봄날에 나는 고등학교 2학년이 되었고, 권상수 담임선생님을 만났다. 잘 생기시지는 않았지만, 자그마한 키에 얼굴이 해맑은 분이셨다. 어쩜 내 취향이었는지도 모른다.

　담임선생님은 수학 선생님이셨다. 내가 제일 좋아하는 과목이 수학이며 가장 잘하는 과목도 수학이었다. 말이 많은 사람은 딱 질색이었는데 선생님은 정말 말씀이 적으시고 조례와 종례를 극히 간단히 끝내셨는데 나는 그것도 너무 좋았다. 그것도 역시 내 취향이었다. 담임선생님과 학기 초에 잘 맞지 않으면 1년이 지옥인데, 나의 천당은 1년이 보장된 셈이었다. 나는 공부도 잘하고 인사성도 밝고 입학할 때 수석 입학을 해서 1년간 등록금이 면제된 장학생으로 많은 사람의 사랑을 받으면서 학교생활을 해오고 있었다.

고1 때 아버지께서 새로운 사업을 시작해서 사업이 순조롭게 진행되지 않아 가세가 기울기 시작했고, 많은 빚을 진 우리 집은 어려운 상황이었다. 가정 형편이 어려운 것을 아신 선생님께서는 모 대학교 장학금을 받도록 주선해 주셨다. 그때도 정말 고마웠다.

2학년 5월, 난 빈혈 증상이 심해서 한 달이나 결석하고 중간고사 시험을 치르지 못하는 불행한 사태에 직면했다. 다행히 악성빈혈은 아니어서 한 달 정도 집에서 치료받은 후 등교하였는데 그때부터 허약한 학생으로 학교생활에 많은 제한을 받았다. 나의 그러한 입장을 선생님은 묵묵히 지켜봐 주셨다. 말없이 지켜봐 주시는 선생님이 고맙기만 했다. 그것도 역시 나의 취향이었다. 정말 선생님이 고마웠다.

만약 내가 담임이라면 아마 안달복달을 했을 것이다. 반에서 간판격인 학생이 한 달이나 학교를 쉬고 중간고사도 못 보면 화를 냈을 것 같은데 선생님은 그저 미소로 묵묵히 지켜봐 주셨다. 그렇게 해서 심신이 모두 어려웠던 고 2학년이 끝나고, 입시를 준비해야 하는 고 3학년이 되었다.

3학년 담임은 어떤 분을 만날지 설레면서도 걱정되는 마음이었다. 요사이 학생들은 고3 담임을 잘 만나는 것을 오복 중의 하나라고 한다. 그때도 역시 고3 담임을 잘 만나는 것이 중요했으며, 일생에서 영원히 기억에 남는 분이셨다. 담임 발표 결과 3학년 담임도 역시 권상수 선생님이셨다. 나의 천당이 또 1년 보장된 셈이었다. 이제는 대학교 입시 준비를 본격적으로 해야 할 텐데 대학을 가야 할지, 말아야 할지 영 확신이 서지 않았다. 그때는 남자를 공부시키는 시절이었고 여자들은 고등학교만 졸업하면 충분하다고 생각하던 시절이었다. 정말 대학을 가야 할지 가지 말아야 할지 판단이 서지 않아서 고민이 많았다. 밑으로 남동생이 셋이 있는데 저 녀석들만은 꼭 대학을 보내야 할 텐데, 정말 판단이 서지 않고 혼란스러운 시간이었다.

아버지의 경제력은 믿을 수 없는 상태이고 나나 동생들은 적어도 고등학교는 모두 졸업하고, 동생들은 남자이니까 꼭 대학을 졸업해야 자기 앞길을 제대로 헤쳐나갈 텐데 어떡해야 좋을지 갈등의 시간이었다. 입시 공부를 했다가도 포기하다 보니 고교 3년이 거의 흘러갔다. 드디어 차가운 겨울바람이 옷깃을 여미는 입시 철이 다가왔다. 마음속의 갈등과는 별도로 난 여전히 학교의 희망이었다. 그리고 담임선생님의 희망이었다. 그러면서도 선생님은 항상 커다란 느티나무처럼 묵묵히 지켜봐 주시고 계셨다. 내겐 백 마디의 말보다 그것이 힘이 되었다. 그것 역시 내 취향이었다.

선생님을 믿고 존경했다. 말없이 계셔도 선생님을 실망하게 하고 싶지 않았다. 그리고 대학을 가게 되었다.

대학교 졸업반이 되었다. 4학년 2학기 중간고사가 끝나고, 취업이라는 새로운 문제에 부딪혔다. 그 당시 어른들은 여자가 취직해서 나다니는 것을 별로 좋아하지 않았다. 아버지도 같은 생각이셨다. 선생님께 편지를 올리면서 나의 마음을 털어놓았다. 나는 취직해서 동생들 공부도 시키고 가계에 보탬이 되고 싶은데 아버지께서 취업을 반대하셔서 어떡해야 할지 걱정이라고 말씀드렸다.

4학년 2학기 기말고사를 눈앞에 두고 바쁘게 시험 준비를 하고 있을 때 선생님께서 편지를 보내 주셨다. 학교(모교)에 자리를 만들어 두었으니 우선 실습생으로 근무하고 졸업 후에 정식 교사로 발령을 받도록 협의가 되었으니 편지 받는 즉시 출근하라는 말씀의 편지였다.

선생님은 나에게 느티나무 같으신 분이시다. 말 한마디 없이 묵묵히 나의 자리를 만들어 두고 연락을 하신 것이었다. 너무도 고마웠다. 그 이후 교단에 서면서 나도 선생님 같은 좋은 교사가 되려고 무척 노력했다.

그 후로도 계속해서 선생님의 신세를 졌다. 결혼할 때도 선생님의 집에서 선생님과 사모님의 배려 하에 결혼식을 올렸다. 물론 아버지와 어머니가 계시는데 난 그 당시 집이 서울인데 남편의 형편에 따라 부산에서 결혼식을 올렸다. 이때 선생님의 집이 나의 친정으로 변한 셈이다.

그 이후 일 년에 부산에 몇 번씩 가면서도 자주 찾아뵙지 못했다. 겨우 한다는 게 스승의 날 전화 올리는 정도였으니 정말 너무 송구스러웠다.

이 글을 쓰다 보니 선생님과 사모님의 목소리가 귓가에 맴돈다. 정말 존경하는 분들이다. 올해는 남편과 함께 꼭 선생님과 사모님을 모시고 근사한 장소에서 담소를 나누면서 성찬을 대접하고 싶다.

　오늘도 선생님과 사모님의 건강을 기원하면서 나의 스승님을 본받아 바다처럼 깊고 넓은 마음으로 사랑이 충만한 교직 활동을 하려고 노력하고 있다.

(2008)

휴스턴의 키다리 아저씨

올해는 학교에 일이 유난히 많아서 정신을 못 차리겠다. 각종 대형 공사가 많았으며 앞으로 해야 할 공사도 많다. 학교가 개설된 지 30여 년이 가까우니 건물이며 시설들이 모두 노후화되어 있고, 더불어 학습 환경이 열악해서 자꾸 일을 벌이다 보니 일년내내 공사인 것 같다.

공사는 대체로 방학 동안에 해야 하지만 여러 공사가 겹치면 일이 순서가 없고 혼잡해지므로 순서에 따라 나누어서 하게 되었다. 창호공사와 내부 도색 공사가 겹치면 안 되니까 창호공사는 학기 중에 하고 내부 도색 공사, 운동장 평탄 공사, 과학실 리모델링 공사, 출입구 및 계단 정비 공사는 방학을 이용해서 할 예정이다. 그래서 교실 냉난방 공사가 1학기 내내 주말에 진행되고, 6월에는 정보화 동 방수공사가 이루어졌으며, 급식실 에어컨 공사도 주말에 이루어졌다.

우리 학교는 학교가 큰 편이라 천정형 냉난방기기를 76개나 설치하느라고 공사하는 분들이 고생을 많이 했다. 공사가 시작되면 학생들 안전에 최선을 다하느라 교장은 동분서주한다. 마음이 항상 바쁘다. 그런데 설상가상으로 올해는 TV 방송 취재하는 일이 스승의 날을 중심으로 3번이 있었다. 방송에 나가는 일이 내키지는 않았지만, 내 의지와는 상관없이 일이 진행되었다.

본교의 교직원 장학금 관계로 MBC TV 방송국에서 취재 섭외가 들어 왔다. 스승의 날 특집인 5월 14일 저녁 9시 뉴스 〈스승의 날 특집 방송〉 준비로 14일은 온종일 촬영했다. 그리고 5월 15일 SBS 〈모닝와이드〉에 본교 선생님이 출연하느라 12일도 종일 촬영했다. 또 그 선생님께서 15일 저녁 KBS2 〈무한지대 큐〉에 출연하시느라 13일도 종일 촬영했다. 관계없는 선생님들은 열심히 수업했지만, 교장인 나는 계속 촬영에 신경이 쓰였다. 일단 TV에 본교의 모습이 나온다면 학교 환경이나 학생들이 공개적으로 TV 화면에 나올 텐데 혹시 눈에 거슬리는 장면이나 게시판이나 학급 환경이 나올까 봐 걱정되었다. 그리고 3개 방송을 시청하느라고 5월 14일과 15일은 정신을 온통 TV에 집중시켰다. 방송 결과 크게 흠 잡히는 일은 없어서 다행이었다.

5월 14일 MBC TV 방송국에서 스승의 날 특집으로 저녁 9시 뉴스에 본교의 교직원 장학금 기사가 방송되었다. 어느 학교나 여러 종류의 장학금이 있다. 본교에도 여러 종류의 장학금이 있지만, 그중에서 가장 큰 장학금이 2종류가 있다. 하나는 동창회 장학금(연간 250만 원)

이고, 다른 하나는 교직원 장학금(연간 280만 원)이다. 스승의 날 특집 기사로 교직원 장학금이 방영되었다. 학교에서는 한사코 언론에 공개되는 것을 거절했지만 MBC 교육청 출입 기자에게 설득당해서 허락하고, 취재에 협조해서 방영되었다. 학교에서는 민망하여 크게 홍보도 하지 않았으며, 본교 선생님들에게는 우리들의 이야기니까 보시도록 알려드렸다. 방영 결과 그런대로 큰 무리가 없었으며 방송을 본 사람들로부터 인사를 받았지만 민망한 마음뿐이었다. 별로 대단하지도 않은 일을 가지고 너무 요란을 떨었다는 부끄러움에 고개를 숙이고 다녔다.

본교의 교직원 장학금 방송이 나간 후 보름 정도 지났을 무렵 청담동의 한 아주머니께서 장학금 청탁 의사를 밝혀 왔다. 매월 10만 원씩 장학금으로 학교에 보낼 테니 선처해 달라는 말씀에 우리 학교 선생님들은 모두 감격했다. 우리는 매월 교사 1인당 일만 원씩을 적립하고, 그것도 교직원의 전부가 아니라 희망자만 실시하는데, 그분은 우리 개인의 10배를 매월 보내주신다고 하니 우리는 부끄러움을 느끼면서 너무나 감사드리는 마음이 컸다.

그리고 보름 정도 지났는데 학교에 1통의 국제 우편물이 배달되었다. 사실 요사이는 잘 모르는 우편물이 도착하면 의혹과 함께 두려움이 앞선다. 그 편지는 동화 속의 '키다리 아저씨 편지'였다. 본교 교직원들의 아름다운 마음씨를 언론을 통해서 보고 감명을 받아서 미국 휴스턴 난곡도움회(회원 9명)라는 모임을 만들었으며, 매월 450$씩 장학금을 보낼 테니 어려운 학생들을 도와달라는 내용의 글과 함께 450$의 미화가 동봉되어 있었다.

우리 학교 교직원들은 너무 감격스러워서 말을 잃었다. 세상에 이런 일도 있다는 것이 정말 고맙고 기뻐서 가슴이 벅차올랐다. 태평양을 건너 그 먼 곳에서 우리나라의 방송을 보고 계시다는 사실이 첫 번째로 놀라웠고, 멀리 이국 타향에서 살기가 얼마나 어렵고 힘드실 텐데 9명의 회원께서 매월 450$씩 본교에 송금해 주시겠다는 사실이 너무 황송하고 고마웠다. '조국을 떠나봐야 애국자가 된다.'라는 말이 다시 한번 가슴에 와닿았다.

나는 정말 감격했으며 내 마음을 진심으로 담아서 답장을 보냈다. 고국에 오시면 꼭 연락해 주시면 제가 최선을 다해서 대접하겠다고 말씀드렸다. 이래서 세상은 살 가치가 있으며, 인류는 계속해서 발전적인 역사를 만들어 가고 있다는 사실을 다시 한번 느꼈다. 그러면서 나도 이런 고마운 분들의 은혜에 보답하기 위해서 더욱 열심히 교육활동을 해야 하겠다고 다짐했다.

자라나는 우리 모두의 천사들! 우리나라의 내일을 책임져줄 학생들을 위해서 오늘도 내일도 심혈을 기울여 열심히 학생들을 지도해야 하겠다.

(2008)

존경하는 난곡도움회 선생님들께

―장학금에 대한 감사 편지

조국 대한민국은 요사이 우울한 분위기에서 걱정스럽게 지내고 있습니다. 북한 김정일이 '한 손에는 국화를, 한 손에는 핵을 들고 있다.'라고 신문에 보도되고 있기 때문입니다. 항상 반 토막으로 마음 편할 날이 없는 상황을 지켜보시는 교민들도 매우 안타까우리라 생각됩니다. 조국이 편안하고 행복해야 교민들도 편안하고 걱정스럽지 않으실 텐데 면목이 없습니다.

평화스러운 공존이 언제나 이루어질지 항상 염려스럽고, 걱정됩니다.

이곳 날씨는 굉장히 좋습니다. 난방과 냉방이 모두 필요 없는 계절이며 낮이 길어서 활동하기도 좋고, 밤도 알맞게 길면서 쾌적하고 아름다운 계절입니다. 아카시아와 라일락 향기가 벌써 사라지고, 요사이는 장미가 한창 예쁘게 피고 있으며, 서울대공원에는 장미 축제를 한다고 합니다. 장미꽃은 정말 아름답죠. 요사이 아파트마다 울타리에 꽃핀 덩굴장미가 정말 아름답고 환상적입니다. 그리고 학교 내 텃밭에는 시금치와 상추가 무럭무럭 자라서 삼겹살 파티라도 하자는 얘기가 무르익고 있습니다.

저는 난곡도움회 선생님들께 머리 숙여 깊이 감사드립니다. 고귀한 뜻을 가지시고 우리 학교 학생들을 지원해 주시니 깊이 감사드립니다. 그 고마움을 어떤 언어로 표현하는 것도 적당하지 않은 것 같습니다. 선생님들의 고귀한 뜻에 보답하기 위해서 더 열심히 가르치고 지도하겠습니다. 이 아이들이 훌륭하게 자라서 대한민국의 튼실한 재목이 되도록 최선을 다해서 노력하겠습니다.

이 찬란하게 아름다운 계절에 선생님들 모두 모두 건강하시고, 원하시는 일이 모두 이루어지고, 행복하시기를 기원합니다.

2008년 5월
난곡중학교 교장 김현숙 드림

백미와의 사랑

　예전에는 학교마다 겨울 방학 때쯤이면 교지를 만들어서 졸업식과 종업식 때 학생들과 교직원들에게 배부해서 그동안의 즐거웠던 학교생활을 추억하곤 했다. 그런데 점점 세상이 급박하게 돌아가고 바쁜 일정과 교지 제작 과정의 어려움 때문인지 대부분 학교에서는 교지를 제작하지 않고 있었다.

　2000년 경서중학교 교무부장으로 재직할 때이다. 교장 선생님으로부터 '교지'에 관한 지침을 받았다. 저항이 있을 것을 예상해서 먼저 저에게 말씀하신 듯했다. 전공이 국어였고 수필가이신 교장 선생님께서는 꼭 교지를 만들고 싶어 하셨다. 나는 학교 홍보 담당 교사와 협의해서 교지를 만드는 데 합의했다. 기꺼이 교지 제작을 수용한 교지 담당 선생님이 정말 고마워서 내가 보답할 일이 없을까 고민하다가, 원고 2편을 그 선생님께 드렸다. 원고가 모자랄 줄 알았는데 넘치게 들어

와서 1편만 교지에 실렸다. 내 글을 읽으신 교장 선생님께서 나에게 수필을 써보라고 권하셨다. 그러나 나는 승진 준비로 정신없이 바쁠 때여서 시큰둥하게 받아들였다. 그리고 세월이 흘러 나는 교감을 거쳐 교장이 되었고, 그 교장 선생님을 내가 재직하는 학교의 운영위원장으로 모시게 되었다.

위원장님과 회의가 있을 때마다 이런저런 이야기도 나누고 뵐 기회가 많아졌다. 그분께서 어느 날 좀 많은 양의 인쇄물 출력을 부탁하셨다. 가정집에는 레이저 프린터기가 귀한 시절이었다. 그러나 학교에는 대부분 레이저 프린터기를 사용할 때라 어렵지 않았다. 그 인쇄물을 전하는 과정에서 김지상 선생님과 합석하게 되었다. 모임이 끝나고 함께 지하철로 귀가하는 길에 김 선생님께서는 백미문학회 회원으로 들어오면 어떨지 권유하셨다. 나는 그날부터 능력이 될까 심사숙고하였다. 또 내가 선생님들과 잘 어울릴 수 있을지 그것도 걱정이 되었다.

김 회장님의 배려로 용기를 내어서 처음 모임에 참석하고는 백미문학회에 회원으로 가입하였는데, 나는 첫 모임에서 나의 염려가 기우였다는 것을 깨달았다. 회원들의 따뜻한 환대에 감격했는데 하나같이 친절하고 감성이 풍부하고 서로를 아끼고 배려하는 모습이 너무 좋았다.

문학회에서 많은 선생님과 인연을 맺게 되었는데, 박상주 회장님과의 인연은 아주 특별하다. 선생님의 주선과 지도로 월간수필문학지 〈한국 산문〉 신인상에 당선되어 수필가가 되었다.

『백미문학』16집부터 해마다 2~3편의 원고를 제출해서 동인지에 게재하고 있다. 글을 쓸 때마다 자신감이 부족하고 남들이 뭐라고 할지 걱정되었지만 '점점 실력이 좋아지겠지!'라고 나 자신을 위로하면서 피천득 수필가의 수필집을 사서 열심히 읽고 있다.

2010년, 퇴직한 뒤 문화센터의 임헌영 선생님 수필 교실에 참여할 때는 그래도 매주 한 편씩은 의무적으로 써야 했고 이따금『한국 산문』에도 한 편씩 또 실렸다. 그러나 지금은 손자 육아 문제로 그마저도 그만두고 더욱 게으름만 피우고 있다. 그래도 해마다 새로운 글을 쓰게 되는 일은 내게는 보람이고 기쁨이다. 그 글들이 모이면 나의 분신으로서 나의 자산이 되리라고 본다.『백미문학』19집에 손자들 이야기를 실었더니 아이들이 아주 좋아했다.

경상도에서 태어나 고등학교 졸업 때까지 거친 해변가 문화 속에서 살았다. 대학을 졸업하고는 쭉 학교에서 학생들을 지도하다 보니 목소리가 크고 우렁차다. 그래서 조심한다고 해도 불시에 튀어나온다. 서울에서만 교육받고 살아온 초등학교 여선생님들이 부러움의 대상이다.

내 인생에서 가장 잘한 일을 하나만 꼽으라면 우리 아이들을 서울에서 키운 것이라고 말하고 싶다. 조금 늦은 감이 있지만 백미문학회 가족들과 함께 조용하면서 부드럽고 지혜로운 여자가 되어 글을 열심히 쓰는 일이다. 좋은 인연도 잘 가꾸어 가면서….

백미문학회 덕분에 많은 선생님과 문우의 정을 나누면서 문학기행도 함께 하고 글도 공유하게 되었다. 요즘에는 영서중학교 심기석 교장님이 정년퇴직하고 백미문학회에서 함께 활동하게 되어서 기쁨이 배가 되어 더욱 즐겁고 행복하다.

5월의 마지막 날에는 '윤동주 문학관'을 견학하고, 문학관 뒤쪽의 공원 쉼터에 앉아서 문학을 논하고 수필을 발표하고 준비해 온 간식을 먹으면서 행복한 시간을 가졌으니 좋은 추억을 만든 것이다. 이어서 인왕산을 오르면서 각종 나무와 식물들 탐색도 하면서 건강을 다졌다. 또 박노수 미술관에서 그림 감상도 하고 전통시장에 들러 옛 추억을 회상했다. 미로미로(美路迷路)를 지나면서 아름다운 꽃과 나무들을 보면서 몸과 마음을 힐링하는 시간을 가졌다. 이런 행사는 백미문학회에서만 가질 기회이기에 문학회에 더욱 감사한다.

백미문학회 회원님들과 함께 문학 공부도 하고, 글도 쓰면서 문화 답사도 하는 좋은 모임이 오래 지속되었으면 하는 바람이다. 백미문학회의 무한한 발전과 회원님들의 건승을 빈다.

(2014)

고사리

누구에게나 스승이 있겠지만 나에겐 특별한 스승님이 한 분 계신다. 학창 시절에 만난 분이 아니라 교직 생활을 하면서 모시게 된 분이다. W 중학교에 근무할 때는 교감 선생님으로, K 중학교에 근무할 때는 교장 선생님으로 모시던 분이다.

K 중학교에서 교지를 만들 때 한 편의 글을 제출한 것이 계기가 되어서 글을 써보라고 조언해 주신 분이시기도 하다. 내가 교장 발령을 받은 후에는 본교의 운영위원장을 맡아 학교 전반의 일을 도와주신다. 가끔 조언도 해주시고, 쓴소리도 하시면서 진정한 인생의 스승님 자리를 빛내 주는 분이시다.

나는 어릴 때부터 주로 채식 위주의 식단을 좋아했다. 그래서 가족들로부터 구박을 많이 받기도 했다. 어머니는 식습관이 까다로워서 성가시다면서 꾸중을 하기도 하셨지만, 식습관은 쉽사리 고쳐지지 않았다. 그러다가 직장생활을 하면서 학교 식당에서 점심을 먹어야 하는 현실에 부딪히면서 조금씩 나아졌다. 그리고 어른이 되니까 외식하는 일이 종종 생기면서 육류나 생선과도 조금씩 친해지게 되었다. 만약 남자였다면 군대에 가서 고쳐 왔으리라 믿어진다.

어릴 때 산과 들로 다니면서 쑥도 뜯고 나물도 캐고 친구들과 어울려서 노는 것이 소원이었다. 맏딸이라 학교만 갔다 오면 동생들을 돌보아야 했다. 대문짝에 들어서기가 무섭게 동생들은 나의 몫이었던 시절이었다. 나도 아들로 태어났으면 얼마나 좋을까 하고 서러워했지만 소용없는 일이었다. 그래서 열심히 동생들을 거두었다. 지금 생각해도 웃음이 나오는 일은 친척 집에 가서 자고 오는 것을 싫어했다. 동생들 걱정에 집 떠나는 것이 염려스러웠다. 어린 것이 좀 웃기는 일이기는 하지만 그 당시 맏딸들은 대부분 엄마 대신이었다. 요사이 아이들이 좀 배워야 할 부분이기도 하다.

쑥이나 고사리를 꼭 캐고 싶으면 동생을 업고 소쿠리와 칼을 들고 친구들이랑 어울려서 들로 나갔다. 아이를 업고 쑥을 뜯고 있는 초등학생의 모습이 얼마나 어설펐을지 웃음이 나온다. 아이는 엉덩이에 매달려서 끙끙거리고 발을 버둥거리면서 야단이었다. 그래도 좋아서 했고 마냥 하고 싶던 일이었다. 그 쑥에 들깨를 갈아 넣어 끓인 쑥국을 먹는 맛이란 천하일품이었다. 지금도 봄에는 쑥을 사다가 가끔 해 먹기도 하지만 그때의 그 오동통한 쑥 맛은 아닌 것 같다.

쑥 다음으로 인기 품목은 고사리이다. 요즘엔 중국산이나 북한산 때문에 시장에서 선뜻 손이 가지 않는 것이 고사리이다. 고사리는 말려서 나물로 해 먹어도 맛있고 육개장을 끓여도 정말 맛있다. 오랫동안 우리 집에서 일 도와주던 할머니로부터 육개장 끓이는 방법을 배웠다. 그 이후로 나는 특별한 손님이 오실 때마다 육개장을 끓였고, 그때마다 맛있다는 칭찬을 받았다. 중요 재료는 소고기와 고사리와 토란 줄기 등이다.

그런데 요사이는 믿을 것이 하나도 없다. 소고기도 고사리도 토란 줄기도 모두 국적이 문제가 되고, 토양도 문제가 되며, 채소는 농약이 얼마나 들어갔을지 걱정이 되어서 먹어야 할지, 말아야 할지 항상 왔다 갔다 망설여진다. 누가 들깻가루나 참기름, 고사리, 토란 줄기 등을 주면 너무나 반갑고 고맙다. 외할머니가 살아 계실 때는 가끔 토란 줄기를 말려서 주시곤 했지만 이미 옛날이야기가 된 지 오래다.

본교에서 운영위원회가 있는 날, 위원장님이 회의에 오면서 고사리를 두 봉지나 가져오셨다. 지난번 운영위원회 때 고사리를 꺾어서 파신다는 말씀에 그것 좀 사 먹으면 얼마나 좋을까 생각만 했는데, 정말 그 귀한 국내산 고사리를 직접 꺾어서 가져오신 것이다. 감격스러웠다고 말하면 조금 호들갑스러울지 모르지만 정말 감격스러웠다. 고사리를 손수 꺾어서 쇼핑백에 담아서 가져오시다니 아무나 할 수 있는 일은 아닌 것 같다. 고사리를 넣고 조기를 조려 먹으면 무척 맛있다고 조리

방법도 알려주셨는데, 정말 고사리를 넣고 조기를 조려서 먹어봐야겠
다. 꾸들꾸들 말려서 다음 주 주말쯤에는 조기도 조리고, 나물도 무치
고, 육개장도 끓여서 온 가족이 둘러앉아 고사리 요리 잔치를 해야겠
다. 행복한 마음으로 한 줄기 한 줄기 맛을 음미하면서 즐기려고 한다.

나도 열심히 살면서 다른 사람들을 행복하게 해주고 싶다.

(2009)

주례 서던 날

월촌중학교에서 가르쳤던 제자가 주례를 서달라는 간곡한 부탁을 해 왔다.

주례 부탁에 처음에 좀 당황했다. 내가 일을 좋아하고 오지랖이 좀 넓기는 하지만 주례는 한 번도 생각해 본 일이 없었기 때문이다. 또 주례는 금녀의 영역으로 알고 있었고, 여자 주례를 본 일이 없었기에 얼떨떨하고 뭔가 정리가 되지 않았다. '내가 여자라서 못하겠다.'라고 거절하니 제자는 "대통령도 여자인데 주례를 여자라서 못할 이유가 어디 있느냐?"며 재차 부탁했다. 듣고 보니 그것도 맞는 것 같았는데 어영부영하다가 주례를 맡게 되었다.

주례에 대한 경험이 없는 나는 그때부터 인터넷을 뒤지면서 주례사를 준비하기 시작했다. 초안은 10분 정도 걸렸다. 너무 긴 것 같아 5분으로 줄였다. 그러나 5분도 약간 긴 것 같아 3분 30초로 줄였다. 다행히 신랑 모친의 전공이 국어과라 서로 협의하면서 근사한 주례사를 만들어서 외우기 시작했다.

젊었을 때는 제법 총명한 편에 들었는데, 환갑과 진갑이 지나니 머리와 입이 일치되지 않을 때가 종종 있었다. 나이는 어쩔 수 없다는 생각을 가끔 해 본다. 인생은 60부터라고 했는데 그 말이 위로의 말이라는 것을 서서히 체험해 가고 있다.

주례사 준비가 끝나니 나는 또 다른 걱정이 생겼다. 5분 정도만 서 있으면 다리가 아파서 쩔쩔매지 않던가. 언제부터인가 부엌에서 일하다 보면 엉덩이가 아프더니 점점 아래로 내려가 왼쪽 발목과 발등이 저리고 아파졌다. 앉아 있을 때는 전혀 문제가 없고 걸어 다닐 때도 문제가 없는데 서 있기만 하면 괴로웠다.

결혼식을 주례하려면 30분 정도는 서 있어야 하는데 정말 난감했다. 그래서 한의원에 가서 침도 맞고, 정형외과에 가서 X-Ray를 찍어보니 디스크 4번과 5번이 협착이라고 했다.

거기서 물리치료를 받아도 잘 나아지지를 않아서 이번엔 대학병원 재활의학과에 가서 주사를 맞고, 운동요법을 처방받아 하루에 2번씩 열심히 운동하고, 아침저녁으로 1시간씩 걸었다. 그 덕분일까, 다리가 많이 좋아졌다. 새신랑 덕분에 건강관리를 잘한 셈이다. 병원에 가는 것이 싫어서 이 핑계 저 핑계 대다가 급해져야만 병원에 가는 나의 고질병은 어쩔 수 없다.

결혼식 날이 다가왔다. 5월 중순의 날씨가 너무 좋았다. 하늘은 푸르고 햇빛은 새신랑 신부의 출발을 아낌없이 축복하고, 라일락 향기는 조용히 사랑을 속삭이며, 나무들의 파란 잎새들이 새롭게 탄생하는 부부의 희망찬 미래를 예견하는 것 같았다.

결혼식 하객들에게도 좋은 날씨는 축복이다. 나는 주례로서 찬란한 5월의 날씨와 함께 자랑스러운 신랑 신부의 결혼을 진심으로 축하했다. 나의 제자인 신랑은 연세대 공과대학을 졸업하고 변리사가 되었다. 신부는 이화여대 약학대학을 졸업하고 약사로서 제약회사에 근무하며 지성과 미모를 두루 갖춘 아름다운 여성이다.

신랑은 그동안 아버지를 여의고 이어서 할머니까지 하늘나라로 보내면서 많은 아픔을 겪었다. 그때마다 젊은 나이에 큰일을 당하는 것이 못내 안타까워 가슴이 아렸는데, 이번에는 최고로 경사스러운 일로 마주하게 되어서 나 또한 기뻤다. 두 번의 애사 때는 초췌해 보였는데, 결혼하겠다고 인사 온 제자가 훤칠한 외모에 의젓했다. 그리고 어려운 일을 겪으면서 많이 성숙한 것 같고, 사랑스러운 신부를 사귀면서 많이 편안해지고 행복해진 것 같았다.

만물이 생동하는 활기 넘치는 5월에 환상적인 커플인 신랑 신부의 결혼식을 훌륭히 주례하고, 새 가정을 이룬 두 사람이 팔짱을 끼고 퇴장하는 모습에 나는 안도의 숨을 내쉬었다. 그리고 자랑스러운 제자의 행복한 결혼식에 주례를 맡은 기쁨을 마음껏 맛보게 되었다.

내가 교장이 되었을 때와 마찬가지로 주례를 성공적으로 잘 마친 나 자신에게 감사의 박수를 보낸다. 앞으로 건강관리를 잘해서 나의 자손들과 제자들이 잘살아가는 모습을 행복한 마음으로 지켜보고자 한다. 또 우리의 친목 모임인 소담회 회원들의 건강과 자손들의 번영을 조용히 기원한다.

주례사

만물이 생동하는 축복의 계절인 5월에 새 가정을 이루게 된 신랑 신부와 양가 어른들께 먼저 축하를 드립니다. 그리고 바쁘신 주말인데도 불구하고 양가의 경사를 축하하기 위해 귀한 걸음을 해주신 하객 여러분께도 감사의 인사를 올립니다.

신랑 재형 군은 교육자 집안의 장남으로 태어나 연세대 공과대학을 졸업하고, 변리사로서 성실히 근무하고 있으며, 본 주례자의 사랑하는 제자입니다.

신부 지혜 양은 인자하신 부모님의 사랑 속에서 성장하여 이화여대 약학대학을 졸업하고 제약회사에서 근무하는 아름다운 여성입니다.

우리 인류는 긴 세월 동안 결혼이라는 성대한 행사를 미풍양속으로 이어오고 있습니다. 사랑하는 남녀가 가정을 이룬다는 것은 진정 축복이고 행복입니다. 그러나 30여 년을 각자 다른 환경에서 살아온 두 사람이 한 공간에서 조화롭게 산다는 것은 결코 쉬운 일이 아닙니다. 그래서 본 주례자는 항상 행복한 가정을 가꾸어 갈 수 있도록 몇 가지 당부하고자 합니다.

첫째, 가족의 건강관리에 최선을 다하기를 바랍니다. 행복한 가정은 가족들의 건강이 필수입니다. 두 사람은 바쁜 일상 가운데서도 꾸준한 운동과 좋은 생활 습관으로 건강관리에 최선을 다해 주시기를 바랍니다.

둘째, 서로를 존중하고 사랑하며, 각자 맡은 일에 충실하기를 바랍니다. 신랑과 신부는 이미 형성된 인격과 습관이 있습니다. 나와 다른 것을 인정하고 존중하면서, 서로를 받아주는 아름다운 부부가 되어 주시기를 바랍니다.

셋째, 서로 상대방에게 맞추려고 노력하기를 바랍니다. 서로의 마음을 따뜻이 헤아리면서 허물은 덮고, 좋은 점은 칭찬하십시오. 하루에 한 번씩 서로 칭찬하는 부부가 되기를 주문합니다. 아울러 두 집안의 가족들과도 화목하게 지내도록 노력해 주시기를 바랍니다.

언제 어디서나 오늘 맹세하고 다짐한 사랑을 생각하면서 신부 이름처럼 지혜롭게 살아가는 부부가 되기를 간절히 바랍니다. 감사합니다.

(2013)

생명 존중

인류의 역사는 구석기시대와 신석기시대를 거쳐서 농경 사회가 길게 지속된 후, 산업화 시대를 겪게 되었고, 오늘날 21세기엔 정보화 사회에 살고 있으며, 많은 사람이 컴퓨터 메일을 점검하면서 하루의 일과를 시작하는 것이 일상화되었다. 우리나라는 아시아의 다른 나라에 비해서 정보화가 훨씬 앞서 있으며, IT산업이 빠르게 성장하고 있다.

박정희 대통령은 중화학 공업에 관심이 많았지만, 전자산업에도 관심이 많았다. 딸이 전자공학과에 진학한 것도 아버지의 뜻이었다고 한다. 박정희 대통령의 앞서가는 안목 덕분에 전자산업의 기초가 마련되었다고 볼 수 있다. 그 당시 대통령이 광섬유 얘기를 하니까 비서진에서 대구의 섬유공장을 발칵 뒤집었다는 이야기가 있을 정도였다.

나처럼 나이를 먹은 사람들은 정보화 물결에 보조를 맞추기가 너무 어렵고 혼란스럽다. 다행히 나는 승진 준비를 하느라고 워드프로세서 자격증을 따는 과정을 통해서 그나마 조금은 따라가고 있는 편이다. 학교도 홈페이지 관리와 정보공시 때문에 어려움을 겪고 있으며, 학교 홈페이지뿐만 아니라 학급 홈페이지도 장려하며 잘하는 학급은 시상도 하고 있다.

이러한 현실에서 인터넷에서는 자살사이트가 등장하고 연일 자살 이야기가 신문과 TV 뉴스에 등장하고 있다. 특히 유명 연예인들이나 유명 인사들이 스스로 자신의 인생을 마감하는 일들이 거의 일상처럼 보도되고 있어서 보고 듣는 이들의 마음을 안타깝게 하고 있다.

지난해 5월 초 학교 학급 홈페이지 게시판에 자살하겠다는 게시물이 올라왔다. 자살 방법 7가지를 제시하면서 그중 한 방법으로 자살하겠다고 해서 뜨거운 토론장이 되었다. 그 내용은 "정말 죽을 것인가? 정말이라면 한번 해봐라!" 등등의 악플이 산만하게 올려져 있었다.

이 사건은 학생들이 불법 저작권 문제에 저촉되지 않게 하려고 학급 홈페이지를 점검하는 과정에서 발견되었다. 그 학급 홈페이지를 일시적으로 폐쇄하고, 학급 담임 선생님과 관계되는 선생님들이 모여서 대책을 논의했다. 학교 관리자 처지에서는 정말 경악할 일로 사건이 현실이 되기 전에 발견되어서 천만다행이었으나 이런 사건은 사후 처리도 매우 중요하다. 사후 처리가 잘못되고 사건이 확대되면 또 다른 문제가 생길 수 있기 때문이다. 석가탄신일과 일요일에 이어서 월요일은 재량휴업을 시행하고, 어린이날과 개교기념일이 겹쳐서 학교가 5일간의 짧지 않은 휴무에 들어가야 하는데 어떻게 해야 사고를 막을 수 있을지 모두 애가 탔다.

대책 회의 결과는 학부모님을 학교로 모셔서 상담과 주의 사항도 알려 드리고, 함께 노력할 부분에 대해서 다짐을 받기로 했다. 담임이 학부모님께 연락했으나 직장 관계로 못 오신다면서 홈페이지 내용을 팩스로 보내 달라고 해서 담임이 팩스로 보냈다. 그래도 부모님이 모두 생존해 있고 동거하고 있기에 그나마 안도의 한숨을 내쉬었다.

아이가 자살하겠다고 학급 홈페이지에 도배했는데도 학교에 달려와서 상담할 수 없는 그 부모님의 고단한 삶이 가슴에 와닿아서 마음이 아렸다. 휴무일 동안은 아버지가 책임지고 학생을 보살피기로 했다. 학교에서의 지도 방법으로는 그 학생이 상담실에서 자원봉사 선생님과 적극적인 상담을 하도록 하고, 부모님과 함께 전문가의 상담을 받게 하기로 했다.

휴무일 5일 동안 나는 그애 걱정으로 우울했다. 학생들이 학교에 있을 때가 오히려 안전하다. 집에 혼자 있는 시간이 많으면 사고를 칠 기회가 많기에 더 걱정스럽다. 휴무일 이후 첫 출근 때 담임선생님께 학생의 안부를 물으니 "이상 없다."고 해서 비로소 마음이 놓였다. 그 학생 부모님이 매우 감사해한다는 말씀에 위로가 되었다.

우리는 한 생명이라도 다치지 않게 하려고 매일 매일 최선을 다해서 노력하고 있다. 학교에서 행사가 있을 때는 안전사고가 발생하지 않도록 몇 겹으로 안전조치를 취하고, 모든 교원이 눈물겹게 노력하고 있다. 우리 교원들이 이렇게 노력하고 있는데도 불구하고 거의 매일 같이 쏟아지는 신문과 TV의 자살사건 기사를 학생들에게 어떻게 설명해야 할지 정말 곤혹스럽다.

가끔 학교를 그만두고 싶을 때가 있다. 학생들 간의 상해 사건이나 폭력 사건으로 학교 측에 책임을 물을 때면 정말 우울하고 외롭다. 우리가 싸우라고 가르친 것도 아니고 사고가 나도록 방치한 것도 아닌데 말이다.

우리는 생명의 소중함을 매일매일 외치고 있다. 열 달 동안 뱃속에 안고 다니는 엄마의 기쁨과 출산의 고통이 얼마나 큰 것인가를 설명하면서 부모님께 보답하는 일은 무럭무럭 잘 자라는 것과 열심히 공부하는 것이라고 누누이 설명한다. 그런데 유명 인사들의 자살 사건은 어떻게 설명해야 좋을까? 어떤 경우에도 자살은 안 된다고 가르친다. 죽는 힘으로 살아야 한다고 강조한다. 누구나 힘들고 지칠 때가 있다. 아무리 힘들어도 앞이 캄캄하게 안 보여도 살아야 한다고 열심히 지도한다. 성경에 "하나님은 위급한 상황에서도 한쪽 창문을 닫으면 다른 한쪽 창문을 열어두신다."라고 했는데, 우리 인생을 잘 살펴보면 최악의 상황에서도 창문 하나쯤은 분명히 있는 것 같다. 죽을 것 같은 순간도 잘 참고 견뎌 보면, 정말 잘 이겨냈다고 대견하게 생각할 때가 분명히 온다.

우리나라는 두 분의 대통령이 수명을 다하지 못하셨다. 한 분은 타의에 의해서, 한 분은 자의에 의해서다. 사람의 죽음은 주변의 모든 사람에게 아픔과 슬픔을 준다. 그 슬픔을 막으려고 많은 사람이 생명 존중을 외치고 있다. 생명의 전화도 있고 112나 119도 있다. 한 생명을 살리기 위해서 의사들은 밤과 낮도 없이 뛰고 있으며, 산모는 사선을 넘나들면서 출산하고 있다. 저출산과 자살 문제가 우리나라의 심각한 국가적·사회적 문제가 되고 있는데 둘 다 지나친 이기심이다.

자살은 비난받아 마땅한 이기심인데도 우리나라 국민의 정서는 죽음에 대해서는 관대하고 우호적이다. 그러한 국민 정서가 더욱 자살을 부채질하는 것 같아서 안타깝다. 무엇보다도 걱정되는 것은 우리나라의 청소년들이 생각 없이 모방할까 봐 항상 걱정스럽다. 자살하고 싶을 때는 주변 사람들에게 미치는 피해를 한 번쯤은 꼭 따져봐야 한다고 생각한다. 노 대통령 경호원의 "죽고 싶다."라고 절규하는 처절한 목소리가 귓가에 맴돈다.

얼마 전에 돌아가신 장애우 장영희 교수의 죽음이나 종교인 김수환 추기경의 마지막이나 법정 스님의 해탈한 모습이 가슴에 와닿는다. 그리고 연일 TV 뉴스를 통해서 칠레 국민과 전 인류를 감동을 준 33인의 매몰 광부들의 생명 존중 정신과 구조대원들의 고차원적인 구조작업에 존경과 경의의 박수를 보낸다.

(2011)

천당과 지옥

교장이 된 지도 4년째다. 그동안 수없이 천당과 지옥을 넘나들었다고 말하면 조금 과장된 것 같기도 하다. 어쨌든 기분은 좀 그랬다. 이 학교에 처음 부임할 때는 학생이 1,400명 정도였다. 요사이 학급이 줄어서 1,200명 정도다. 그 1,200명 하나하나를 보면 나를 천당으로 인도하는 학생도 있고 지옥으로 인도하는 학생도 있다. 나는 하루에도 몇 번씩 천당과 지옥을 왔다 갔다 한다.

오늘 성적 우수 학생 9명에게 10만 원씩 장학금을 지급했다. 그 아이들은 나의 천당이다. 그렇다고 성적 우수자만 천당인 것은 아니다. 공부는 안 해도 행동이 반듯한 아이도 많다. 그 아이들도 나의 천당이다.

어제는 복도에서 동민이 할머니를 만났다. 초등학교 다닐 때 학교에 가지 않으려고 해서 애를 먹었는데 중학교에 오더니 학교를 열심히 다니려고 해서 고맙다고 했다. 나 때문은 아니지만 정말 고마운 일이다. 부모님이 이혼하고 할머니가 동민이 누나와 동민이를 돌보고 있는 조손 가정이다. 받은 상처가 너무 커서 누구도 해결이 안 되는 부분이 있다. 오직 엄마만이 해결이 가능한 부분이 있는 것이다. 가정은 국가의 기본이다.

이혼 가정이 늘어나면서 국가의 기본인 가정이 흔들리고 있고 우리의 희망이자 미래인 청소년이 흔들리고 있는 것이다. 이혼 가정이 늘고 있는 것이 시대의 흐름이기도 하지만 교육의 몫도 있다. 아이들을 너무 편하게만 키우고 힘들고 어려운 일은 모두 기피 하면서 키우니까 참을성이라고는 없고 기분 내키는 대로 하면서 자라고 있기 때문이다. 모두 내 탓이라는 생각이 든다.

누구나 지옥보다는 천당을 원한다. 그래서 많은 사람은 자신만의 천당을 만들기 위해 열심히 노력하면서 최선을 다해서 살아가고 있다.

다른 사람을 사랑하고 상대방을 존중해 주고 빛나게 해주는 것이 곧 나의 가치를 높이고 나를 행복하게 해주는 것이다. 그것이 바로 천당이지 않을까?

(2015)

요가와 코로나19

걷는 것이 건강에 좋다고 한다. 오래 살려면 걸어야 한다고 말하기도 한다.

요사이는 맨발로 걷는 것이 매우 유익하다고 하여 친한 사람들끼리 동호회를 만들어 맨발로 흙길을 걷기도 한다.

다행히 나는 걷는 것을 무척 좋아하는데 아직 맨발로 걸을 용기는 나지 않는다. 혼자서 조용히 걷는 것을 선호하면서 길가의 나무와 꽃들을 보고 풀과도 얘기를 나누면서 바람의 상쾌함과 태양의 따스함도 음미하면서 사색에 잠기는 것을 사랑한다.

학교 다닐 때 1시간 정도 걸리는 거리는 주로 걸어 다녔다. 결혼하고 아이들을 키우면서는 한가롭게 걸으면서 노닥거리는 것은 사치였다. 숨을 쉴 틈도 없을 만큼 바쁘게 살아야 하는 현실이었다. 아침에 출근할 때는 학교에 빨리 가야 해서 뛰어가고, 오후에 퇴근할 때는 엄마를

목 빼고 기다리는 아이들이 눈에 밟혀서 마구 뛰어다녔다.

그렇게 내 다리는 나를 위해 수십 년을 봉사하고 희생했다. 세월은 빠르게 흘러 정년퇴직이라는 영광과 함께 기쁨과 아쉬움을 가슴에 한 아름 안겨주었다. 무한한 축복이었다.

이제는 나의 몸에 그동안의 공로에 대한 보상을 위해서 노력해야 할 시점이 온 것이다. 학교에 출근하지 않으니, 시간은 무한정으로 많았다. 건강을 위해서 무엇을 할까 연구하면서 여러 가지 운동을 체험해 보게 되었다. 수영, 아쿠아, 요가, 라인댄스, 탁구 등을 접해 보았는데 그중에서 요가가 나의 성격과 건강을 위해 적당한 것 같았다.

요가는 정적이고 호흡 관리가 잘 되고 시끄럽거나 부산스럽지 않고 차분하게 혼자만의 세계에 몰입하는 것이 마음에 들었다. 그래서 심신의 건강과 안정을 위해서 요가를 열심히 배웠다.

화요일과 목요일은 요가를 열심히 배우고 금요일은 노래 교실에서 가요를 배웠다. 월요일과 수요일은 원어민 영어교실에서 영어를 배우면서 정신없이 재미있게 지내고 있을 즈음 2020년 초에 '코로나19' 소식이 우리나라에도 전파를 타더니 바이러스가 전국으로 확산이 되었다. 이어서 방역 지침이 시달되고 사람들이 모여서 하는 활동은 모두 중단되었다. 불행 중 다행으로 과학자들의 피나는 노력으로 예방약이 개발되었다. 곧 예방접종이 이루어져서 전 국민은 예방주사를 맞으면서 오직 코로나 방역에 최선을 다하게 되었다.

외롭고 우울한 마음으로 집에만 머무르는 시간이 3년여나 흐른 후 코로나가 조금 잠잠해졌다. 그래도 코로나에 걸릴까 봐 걱정은 되었지만, 언제까지 나 홀로 살 수는 없는 일이므로 용기를 내어 요가 학원에 등록하고 운동을 시작했다.

　그동안 몸과 마음을 생긴 대로 내 버려두어서 힘이 하나도 없고 의욕도 많이 상실되었지만 새롭게 다시 몸을 다지고 단단히 해야 한다고 마음을 다잡았다. 다행히 전염병 때문에 수강생은 10여 명 정도 되었다. 강사님도 마스크를 착용하고 수강생도 모두 마스크를 쓰고 아주 넓게 자리를 깔고 조용히 요가 수업에만 몰두했다. 그동안 못한 걸 보충하느라 더 열심히 운동했다.

　두 달 정도 지났을 때 그렇게 무서워서 피해만 다니던 코로나가 나를 찾아왔다. 정말 반갑지 않은 불청객이었다. 그동안 코로나 방역을 완벽하게 준수하고 외식도 하지 않고 서울 나들이도 못 해서 숨이 막혀 죽을 것 같은데도 잘 참고 지내왔는데 끝판에 이 무슨 날벼락이란 말인가?

　목요일에 요가 수업하고 토요일 오후에 조금 의심스러워 보건소에 가서 검사한 후 결과를 기다렸다. 다음날인 일요일 아침에 일어나 보니 몸이 찌뿌둥한 게 확실히 코로나라는 느낌이 왔다. 서둘러 아침을 먹고 종합병원 응급실로 달려갔다. 잘 정비된 입원실에서 제일 먼저 코로나 검사를 받고 수액을 맞으면서 각종 검사에 들어갔다. 나는 엑스레이를 어떻게 찍을 것인가 걱정했는데 놀랍게도 엑스레이 기사가 기계를 끌고 입원실에 와서 가슴 사진을 찍고 갔다. 조금 놀라웠다. 전 국민이 코로나 방역을 위해 얼마나 노력하는가를 잘 보여주는 예시였다. 의사 선생님이 오시더니 코로나 확진이라고 했다.

　그동안의 노력이 헛된 것 같아서 억울하고 안타까웠지만 말 한마디 못 하고 약만 타서 집으로 돌아와 일주일 동안 근신에 들어갔다. 그동안 나의 일상을 반성하면서 코로나 전염 과정을 꼼꼼히 따져 보았다.

　코로나에 걸리지 않으려고 친구들도 멀리하고 심지어 가족들과도 잘 만나지 않고 살아온 시간이 너무 슬프고 서럽기까지 했다. 죽고 살기로 시험공부하고 시험을 쳤는데 빵점 받은 기분이었다. 이유야 어떻든 간에 기분이 몹시 상했다.

　내가 진료받은 종합병원은 코로나 치료 약인 팍스로비드가 없다고 했다. 이해가 잘 안 되었는데 치료 약이 있는 병원을 수소문해서 치료 약을 구해서 시간에 맞춰 정성껏 먹었더니 심하지는 않고 감기처럼 일주일 만에 완치가 되었고 특별한 후유증도 없었다. 요가 수업 결석을 해서 어떡하나 걱정하고 있는데 강사님이 코로나 확진이라 1주일 휴강이라고 문자가 왔다.

　요가 강사님은 엄청나게 열심히 운동하셔서 근육이 빵빵하고 아주 건강하셨는데 확진이라고 하니 좀 의외였다. 요가 학원 수강생들도 나를 포함해 모두 확진이 된 것 같았다. 어떻게 이런 일이 있을 수 있는

지 이해가 안 되었지만 거부할 수 없는 현실이었다. 정말 '코로나19' 바이러스는 전염성이 매우 강한 무서운 강적이었음을 다시 깨닫게 되었다.

일주일 격리를 하고 또 일주일은 혼자 자율적으로 격리를 한 후 요가 학원에 나갔다. 강사님이 보충수업을 해주신다고 했지만 난 그 이후로 요가 수업이 점점 재미가 없어졌다.

실내에서의 마스크가 해제되면서 강사님은 마스크를 벗고 80분 동안 수업을 열정적으로 하신다. 불안하고 마음이 놓이지 않아서 당분간 요가 수업을 쉬고 싶은 마음뿐이다. 강사의 의무는 수업도 중요하지만 코로나 방역이 수업보다 우선한다고 생각한다. 어떻게 하는 것이 현명한지 고민이 된다.

하루라도 빨리 코로나가 완전히 사라져서 전 인류가 전염병 걱정 없이 행복해지기를 진심으로 기원한다.

(2023)

5 : CCTV 풍속도

드디어 교장이 되었다.

설렘과 기쁨은 잠시이고

해결해야 할 어려운 문제들이 태산같이 밀려왔다.

그 학교는 부지도 넓었으며

건물이 3개 동에 38학급으로 제법 규모가 큰 학교였다.

제일 중요한 것이 학생들의 안전이었다.

학생들이 아침 일찍 등교해서 수업을 모두 마치고 귀가할 때까지의

모든 문제가 학교에 책임이 있으며

최고 책임자는 바로 나 교장이었다.

무식이 용감하다고 남들이 한다고 하니까

나도 용감하게 교장 승진에 도전한 것이다.

- 본문 중에서

태풍 사라호

그때 나는 초등학교 5학년이었다. 추석 명절을 지내려고 함안의 큰집에 갔다. 그 무렵에도 함안의 특산물은 감이었다. 가을이 되면 많은 장사꾼이 마산을 내왕하며 감을 팔았다. 우리 집은 큰댁과 같은 마을인 함안에서 살다가 내가 5학년이 되던 학기 초에 마산으로 이사했다.

시골에서 살 때는 가을이면 떨어진 감을 주우러 다니는 일이 공부하는 것보다 더 중요하게 여겨졌다. 지금도 새벽에 일어나면 '나무 밑의 감을 주우러 가야지' 하는 생각이 머리를 스친다. 어둑어둑해질 녘 아파트 단지의 잔디밭을 지날 때도 감을 주워야 한다는 생각이 뇌리를 스친다. 유년의 기억이 어른이 되어서도 강박관념으로 남아있는 걸 느끼며 혼자서 웃곤 한다.

추석이라 새 옷을 입고 새 신발과 양말을 신고 한층 뽐내면서 고향에 갔다. 그런데 갈 때는 멀쩡하던 날씨가 추석 전날부터 비바람에 천둥 번개가 산천을 뒤흔들었다. 나무가 쓰러지고 벼는 모두 드러눕고 감나무의 감은 다 떨어졌다. 가을 추수를 눈앞에 둔 농민들은 안타까움에 발을 동동 굴렀다. 바로 사라호 태풍(Sara Typhoon)이 우리나라를 덮친 것이다.

"사라호 태풍은 1959년 9월 11일에 사이판섬의 동쪽 해상에서 발생한 제14호 태풍으로 9월 15~18일에 한국의 중부와 남부 지방에 큰 피해를 주었다. 일본 오키나와섬 서쪽 해상을 거쳐 동중국해에 이르면서 한국의 남해안지역에 영향을 주기 시작하여 제주도와 영남지방을 비롯한 전국이 심한 폭풍우에 휩쓸렸으며 곳곳에 홍수가 났다."라고 브리태니커 사전에 기록되어 있을 정도로 피해가 큰 사건이었다.

초등학교 5학년이던 그 시절엔 추석날 하루만 공휴일이었다. 학생들은 추석 차례를 지내고 오후에 본가로 돌아와서 그다음 날은 학교에 가야만 했다. 태풍으로 모든 교통편이 끊겼다. 어떻게 학교에 가나 걱정만 하고 있었다. 다행히 그 마을에 학교 선생님이 한 분 계셨는데 학교에 가야 할 학생들을 모두 불러 모았다. 이미 철길이 유실되어 기차도 끊기고 버스도 다닐 수가 없는 상황이라 함안에서 마산까지 걷는 방법밖에는 다른 방도가 없었다. 아니면 학교를 결석해야 하는데 결석이라는 것은 있을 수 없는 일이었다.

그 당시엔 전화는 거의 없었고 유선방송도 거의 없던 때였다. 마을의 친척 선생님 한 분과 10여 명의 초·중·고생들이 모두 모여서 의기

양양하게 출발했다. 그래도 우리는 또래끼리 모여서 대모험을 시작한다는 흥분에 들떠 있었다. 마을의 작은 길을 벗어나서 버스 다니는 신작로 자갈길을 활개 치면서 걸었다. 평소에는 차들을 피하느라 길 끝자락으로 조심조심 다녔는데, 모든 차가 중단되었으니 우리 세상이라고 좋아하면서 신나게 걸었다.

한참을 걷던 우리는 버스 길로 갈 것인가, 지름길인 기찻길로 갈 것인가 고민에 빠졌다. 어차피 태풍으로 기차도 안 다니는데 지름길인 기찻길로 가는 것이 힘도 덜 들고 시간도 단축된다는 데 의견을 모았다. 선생님을 따라 모두 기찻길 행진으로 방향을 바꾸었다. 기찻길은 지름길이긴 하지만 도중에 터널이 하나 있었다. 그 터널을 어떻게 통과할 것인가가 또 큰 과제였다. 리더인 선생님은 지금 기차가 불통이니 힘도 덜 들고 시간도 절약된다면서 우리 일행을 기찻길로 안내했다. 터널이 길지는 않아서 양쪽 입구가 제법 환하게 보였기 때문에 입구에서 출구 쪽을 목표로 하면서 조심조심 걷고 있었다. 우리는 극도로 긴장해서 숨소리도 죽이고 열심히 걸음을 옮겨 놓았다.

중간쯤 갔을 때 어디에선가 기차 소리가 희미하게 들렸다. 처음엔 잘못 들었나 싶어 걸음을 멈추고 조용히 들었다. 얼마 후 기차 소리를 확인한 후 서로의 얼굴을 쳐다보면서 말없이 대책을 머릿속으로 굴렸다. 기차 소리는 점점 더 가까이에서 들려오고 있었다. 나는 꼼짝없이 죽었구나 생각했다. 그때 선생님이 "모두 터널 벽에 바짝 붙어 서서

꼭 붙잡고 있어라."라면서 고래고래 소리를 지르셨다. 우리는 눈을 꼭 감고 죽는 힘을 다해서 터널 벽에 바짝 붙었다. 그 순간이 죽느냐 사느냐의 갈림길이었다.

드디어 기차가 지나갔다. 안도의 숨을 쉬면서 서로를 확인한 후 정신을 차리고 보니 기차가 아니라 태풍으로 유실된 선로를 보수하기 위한 선로 보수 차량이었다. 우리는 모두 살았다는 행복감을 맛보면서 다시 마음을 다잡고 빠른 걸음으로 터널에서 빠져나왔다.

밖으로 나온 우리는 하나같이 손뼉을 치면서 크게 소리를 내 웃었다. 무사히 살아났다는 행복감과 함께 새까만 얼룩이 잔뜩 묻은 얼굴을 보고 있자니 웃음이 절로 나왔다. 기차를 피하느라 터널 벽에 얼굴을 바짝 붙이고 서 있었기에 새까만 석탄 먼지를 흠뻑 뒤집어쓴 탓이리라. 그땐 모든 기차가 석탄으로 불을 때면서 다니던 시절이었다.

터널 밖의 언덕배기에는 태풍 덕분에 불어난 물로 시원스럽게 폭포가 힘차게 쏟아지고 있었다. 폭포에서 모두 얼굴을 깨끗이 씻고 다시 집을 향해서 걸음을 재촉했다. 우리는 위대한 모험을 사고 없이 잘 이겨냈다는 성취감과 살아 있다는 행복감과 내일 학교에 갈 수 있다는 안도감으로 모두 함께 행복했다.

요사이 TV 광고 중에서 "집 나가면 개고생이다."라는 광고를 보다가 불현듯 태풍 사라호 생각이 떠올랐다. 먼 옛날의 아련한 추억에 잠겨 잔잔한 미소가 입가에 번진다.   (2009)

나 홀로 카페

나는 커피를 아주 좋아한다. 현직에 있을 때 아침에 허둥지둥 출근하면 하루를 즐겁게 근무할 에너지가 필요했다. 달콤한 커피를 한잔 준비하고 그 향을 맡으면서 잠시나마 여유를 즐겼다. 커피 덕분에 기분이 좋아져서 만나는 사람들에게 아름다운 미소를 보낼 수 있는 상쾌한 마음이 생겼었다.

지금은 정년퇴직하고 나이 들어 주름이 가득한 얼굴이어서 웃어도 웃는 게 아니다. 젊을 때 나는 항상 잘 웃는 긍정적인 사람이었다.

정년 후 10여 년이 흐른 지금 코로나19 바이러스라는 무서운 적군을 만났다. 내 인생에서 최대의 고비인 셈이다. 나뿐만 아니라 지구촌 모든 인류가 최대의 위기를 겪게 된 것이다. 가족과 친구도 만날 수 없고 이웃 사람조차 자유롭게 만날 수 없는 상상이 불가능한 상황을 맞이하게 된 것이다. 그중에서 가장 안타까운 것은 가족들을 자유롭게 만날 수 없는 점이다. 나는 한 달에 한 번 정도 상경해서 손자들과 행복한 일상을 보내곤 했는데 서울을 가지 못하고 친구들도 만나지 못하는 우울한 날이 계속되고 있다. 이것이 나의 고통만이 아닌 전 국민이 참고 견뎌야만 하는 안타까운 현실이다. 지구촌 어디에도 안전하고 평화로운 곳이 없다. 혼자서 커피 마시고 밥 먹고 TV 보고 전화하고 가끔 영상통화도 하는 것이 일상의 낙이 되었다.

우리 집은 아파트 단지의 끝자락에 있는 정남향의 5층에 자리 잡고 있다. 앞뒤 공간이 넓어서 일조권이 아주 좋고 통풍이 잘되어 내 마음에 흡족한 집이다. 아파트 담벼락 옆에는 소방도로가 있고 그 옆으로 대나무 숲이 있으며 원주민이 몇 가구 살고 있다. 도로와 개울을 건너면 꽤 넓은 들판이 있으며 그 위쪽에는 야트막한 산이 편안하게 누워 있어서 4계절의 경치가 철 따라 바뀌어서 정말 아름답고 멋지다.

뒤편에는 매실 밭이 있었는데 요사이 수익이 적다고 나무를 모두 잘라내고 각종 채소밭으로 탈바꿈해서 나는 무척 아쉬웠다. 그 위쪽엔 여수 가는 도로를 지나 소나무 숲이 울창하게 우거져 있어서 일 년 내내 푸르름을 자랑하고 있다. 앞뒤가 확 트인 경쾌하고 양지바른 쾌적한 집이다.

우리 집 마루 앞 베란다에는 60여 개의 화분이 옹기종기 모여서 오순도순 재미있게 살아가고 있다. 나는 안방 앞 베란다에 나 홀로 카페를 차렸다. 아래층이 시끄러울까 봐 창고에 보관해 두었던 반 평 정도

크기의 카펫을 깨끗이 준비해서 깔고 식당 의자 두 개를 가져다가 배치하니 훌륭한 나만의 카페가 되었다. 들판이 한눈에 들어오고 먼 산의 평화로운 녹음을 항상 볼 수 있어서 무척 마음에 든다. 원래는 그곳에도 화분들이 있었는데 겨울에 추워서 마루 앞 베란다고 옮겨서 살아왔는데 그곳을 나만의 공간으로 만든 것이다.

예전엔 이곳이 이렇듯 좋은 장소인 줄 몰랐다. 나무와 꽃들을 키우는 공간으로만 생각했는데 새롭게 꾸며놓으니 아주 훌륭한 나 혼자만의 공간이 되었다. 나는 그곳에서 창밖의 철철이 옷을 갈아입는 여러 종류의 나무들을 감상하곤 한다.

벚꽃과 아카시아꽃을 특히 좋아하고 매화꽃과 산수유꽃도 좋아했는데 올봄에 도로 확장공사를 하면서 다른 곳으로 이식을 해서 안타까웠다. 밭에서는 다양한 종류의 농작물들이 철 바꾸어 자라고 있는데 이들을 보면서 농부들의 노고를 존경하게 되었다. 온 지구가 코로나 때문에 시끄러워도 들판의 농부들은 초연히 농사일에 전념하고 있었다. 저분들이 더 나이 잡수셔서 농사를 짓지 못하게 되면, 우리의 먹거리는 어떻게 해결할지 걱정이 되기도 했다. 그리고 한가롭게 커피 타령만 하는 내가 조금 부끄럽게 느껴졌다. 그래도 나 홀로 카페에서 커피를 마시고 생강차도 마시며 율무차도 마시면서 옛 추억에 잠겨 나의 우울한 기분을 달래 본다.

밤이면 나 홀로 카페는 더욱 아름답다. 하늘의 달도 볼 수 있고 별도

관찰하면서 윤동주 시인의 「별 헤는 밤」을 아련한 추억으로 되새기면서 소녀적 감성에 젖어보기도 한다. 저녁엔 외등 때문에 흐릿하던 별들이 새벽에는 엄청 초롱초롱하게 빛난다. 세상의 근심이나 걱정은 하나도 없어 보인다. 물론 하늘엔 코로나19 바이러스 따윈 없다.

우리 동네에는 아름다운 호수가 있는데 그 호수가 바라보이는 곳에 스타벅스라는 유명한 커피집이 있다. 그곳은 커피 맛도 유명하지만, 조망이 아주 훌륭하다. 2층의 창가에 앉으면 호수공원과 주변의 아름다운 경관들을 감상할 수 있어서 서로 그 자리에 앉으려고 노력한다. 우리 일행도 호수 도서관에서 원어민 수업이 끝나면 그곳에서 즐겁게 이야기꽃을 피우곤 했다. 내가 커피를 좋아한다고 둘째 딸이 스타벅스 회원 카드를 선물로 마련해 주었다. 그것을 다 사용하지도 못하고 코로나19 때문에 지갑에서 잠자고 있다.

빨리 코로나가 멸종하든지 예방주사가 상용화되어서 나 홀로 카페가 아닌 스타벅스의 햇살 좋은 창가에 앉아 따뜻한 커피 한 잔의 여유를 즐기면서 노닥거리고 싶다.

(2020)

개미와 베짱이

　나는 이솝이야기에 나오는 개미처럼 열심히 일하면서 살아왔다. 대학 졸업과 동시에 취직해서 정년까지 개미처럼 앞만 보고 열심히 일만 했다.

　결혼 후 세 아이를 키워서 모두 혼인시키고, 퇴직 후는 손자까지 키웠다. 지내 놓고 보니 개미보다 더 열심히 오랜 세월 일한 셈이다. 개미는 겨울과 밤에는 휴식기였지만 나는 겨울에도, 밤에도 일해야만 했다. 물론 기본적인 잠은 자지만 잠 한번 푹 자 보는 것이 소원이었다. 소원치고는 웃기지만 정말 그랬다. 그래서 걸어 다니면서도 잔다고 웃으면서 말하기도 했다.

　손자들이 많이 자라서 이제 육아에서도 벗어났으니, 베짱이처럼 즐겁게 취미 생활을 하기로 마음먹었다. 잠도 실컷 자고 문화센터에 다니면서 운동도 하고 원어민 영어도 배우고 요가도 열심히 할 생각이었다.

그런데 70대가 되니까 확실히 몸이 예전 같지 않고 주인의 의사와는 상관없이 자기 마음대로 놀았다. 부엌에 한참 서 있으면 엉덩이와 다리도 아프고 가을만 되면 비염이 찾아와 쉽게 떠나갈 생각하지 않는다. 눈도 침침하고 돋보기가 없으면 맥을 못 춘다. 그래서 건강이 최고라는 평범한 진리를 깨닫게 되었다.

건강을 위해서 베짱이처럼 사는 것이 바람직하다고 생각하고는 요가와 노래 교실을 기웃거렸다. 노래는 온전히 한 곡을 부르기도 어려운 실력이어서 잘 부르기는 어렵지만 비슷하게 흉내라도 내면서 즐기기로 하고, 화요일 오전 요가 수업이 끝나면 요가 친구들과 함께 순천 KBS 노래 교실에 놀러 다녔다.

그곳에는 일생을 개미처럼 살아오신 많은 분이 노년기의 여유를 즐기고 있었다. 그런데 올해 들어 갑자기 불어닥친 코로나19 바이러스 때문에 대부분의 문화센터 교육활동이 중단되었다. 처음에는 며칠이려니 하다가 나중엔 몇 달이겠지 생각했는데 지금은 1년도 더 갈 것 같은 느낌이다. 우리 같이 노년을 즐기는 많은 베짱이는 무엇을 하면서 소일해야 할지 걱정이 된다.

60대 이상은 제발 집에 계셔 달라고 매일 방송하고 지자체에서의 '안전 안내 문자'도 짜증 날 정도로 날아오곤 한다. 코로나도 무섭지만, 홍보용 공포 분위기에 질려서 더 다닐 수가 없다. 그래서 집에만 머물면서 유일한 출구가 TV 시청이다.

내 평생 TV 본 시간보다 올해 코로나 이후에 본 시간이 훨씬 많을 정도다. 나는 평소에 TV를 잘 보지 않는다. 드라마도 싫어하고 뉴스는 골치가 아프고 예능도 재미가 하나도 없다. 고정으로 보는 프로가 「무엇이든지 물어보세요」 「불후의 명곡」 「복면가왕」 정도다. 「무엇이든지 물어보세요」는 재방송까지 시청해서 복습까지 한다. 생활에 꼭 필요한 유익한 상식을 주는 프로그램이다.

집에 있는 시간이 많고 심심해서 가요프로를 찾아다녔는데 뜻밖에 「내일은 미스터 트롯」이라는 프로를 보게 되었다. 등장인물들이 젊고 활기에 넘치며 노래도 다양하고 정감 있게 불러서 지루한 줄 모르고 재미있었다.

하지만 나는 정규방송은 한 번도 본 일이 없고 모두 재방송만 본다. 제작진의 노고와 출연진의 노고에 보답하고자 시청률을 높여주는 정규방송을 보고 싶은데 너무 늦은 시간 방영이어서 잠이 그립고 피곤해서 불가능했다.

요사이는 「미스터 트롯」 「뽕숭아 학당」 「사랑의 콜센터」도 시청하는데 종일 재미가 있다. 같이 웃다가 울기도 하고 정말 바쁘다. 그러나 아무리 귀찮아도 하루에 6천 보 이상 걷기는 꼭 실천하고 있다. 온종일 집에만 있으면 답답하기도 하고 매일 걸어야 건강하다고 한다. 그래서 사람들을 만나지 않고도 다닐 수 있는 길을 골라서 마스크를 쓰고 조심

조심 걸어 다닌다.

비록 마스크를 쓰고 걷지만 여러 종류의 나무들을 보고, 꽃들도 보고, 새들의 노랫소리도 들으면서 신선한 공기를 마시면 우울한 기분이 깨끗이 사라지고 상쾌해진다. 걷다가 나무 아래 앉아서 따뜻한 커피를 딱 한 모금이라도 마시고 싶은 마음이 간절하다.

이솝 우화에서는 개미는 부지런해서 옳고 베짱이는 게을러서 겨울에 개미 신세를 진다고 보는데 그건 농경 사회에서의 이야기인 것 같다. 농경 사회는 봄 여름 가을엔 열심히 일하고 겨울엔 추우니까 따뜻한 방 안에서 행복하게 지낸다는 얘기인데 오늘날과는 너무 거리가 먼 이야기다.

산업사회인 21세기는 전기의 보급으로 사람들은 밤낮 구별 없이 일한다. 베짱이들은 옛날의 그 베짱이가 아니라 피와 땀과 눈물을 흘리면서 열심히 노래 부르고 춤추고 일을 한다. 대중들의 마음이 어디에 있는지 열심히 연구하고 살피면서 대중이 원하는 곳이면 어디든지 달려가서 최선을 다해서 노래 부르고 대중들의 아픔을 위로하고 기쁨도 준다.

요사이 청소년의 진로 희망 1순위가 연예인이라고 한다. 그만큼 그들의 활동 영역이 넓고 영향력이 크며 대중의 지지와 사랑을 받으면서 행복한 삶을 누린다고 보기 때문이다.

진로 탐색은 평생이 걸려있는 중요한 문제이다. 소질도 있고 재미도 있으면서 수입도 많아서 안정된 미래가 보장되는 일생의 직업이 있다면 얼마나 좋을까? 연예인들은 활동으로 받는 수입보다 광고 수입이 엄청난 비중을 차지하고 있다고 한다. 몇 초의 광고 효과가 엄청나게 영향을 미친다고 보고 있다. 피땀 흘려 열심히 일하면 모두 성공할 수 있을지는 의문이다.

지금은 '백세시대'라고들 한다. 어떤 직업을 선택해야 노후까지 안정된 삶을 누릴 수 있을지 깊은 고민이 필요한 것 같다. 아울러 현대의 치열한 경쟁 속에서 피땀 흘려 일하는 모든 개미와 베짱이에게 격려의 박수를 보낸다.

(2020)

CCTV 풍속도

　나는 2006년 3월 1일 자로 서울특별시 남부교육지원청 소속의 한 중학교에 교장 발령을 받았다.

　교장이 되려면 갖추어야 할 지식과 여러 종류의 덕목을 두루 충족시켜야 하는데 그 조건들을 모두 충족시키기 위해 수년 동안 엄청난 노력을 기울여서 드디어 교장이 되었다.

　설렘과 기쁨은 잠시이고 해결해야 할 어려운 문제들이 태산같이 밀려왔다. 그 학교는 부지도 넓었으며 건물이 3개 동에 38학급으로 제법 규모가 큰 학교였다. 제일 중요한 것이 학생들의 안전이었다. 학생들이 아침 일찍 등교해서 수업을 모두 마치고 귀가할 때까지의 모든 문제가 학교에 책임이 있으며 최고 책임자는 바로 나 교장이었다. 무식이 용감하다고 남들이 한다고 하니까 나도 용감하게 교장 승진에 도전한 것이다.

우리 학교는 동네 주변이 어수선하고 학생들은 대체로 조금 거칠고 학부모님들의 교육열은 낮은 편이었다. 좋은 학교는 교사를 중심으로 하여 학생과 학부모와 지역주민들이 조화롭고 어울려야 훌륭한 교육이 이루어진다.

이때는 학교 개방 열풍이 신바람을 타고 유행되고 있을 때였다. 운동장 개방을 비롯하여 도서관도 지역주민에 개방하고 담장도 모두 허물고 경비실도 폐쇄하는 추세였다. 일요일은 온 동네 주민들이 학교 안의 나무 아래에 돗자리를 깔고 앉아서 먹고 마시며 놀았고, 새벽에는 조기 축구회가 운동장을 누비며 날아다녔고 끝나면 프로판가스통을 열어 놓고 아침 식사를 해 먹곤 했다.

또 본교는 특수 운동부가 있어서 학교 기숙사를 만들어 두고 방과 후 늦게까지 훈련했다. 물론 지도교사와 전문지도 선생님은 계셨지만 그래도 학교 관리로 밤낮없이 걱정이 많았다. 이렇게 어려운 상황에 있을 때 교육지원청에서 CCTV 설치를 희망하는 학교를 모집한다는 공문이 왔다.

무척 반가운 소식이었다. 그러나 설치가 쉽지 않을 것은 예상되었다. 인권이 더 중요하다고 주장하는 사람들이 많이 나오리라 짐작했기 때문이다.

CCTV는 동전의 양면처럼 범죄 예방과 인권이라는 두 가지 문제를 동시에 해결하는 것이 중요하다. 교장인 나는 인권을 보호하면서도 사건 사고를 예방하는 방법을 연구해야 했다. 무엇보다 교직원들을 설득하는 것이 어려운 문제였다. 공론화되면서 교직원 분위기는 살벌하고 서로 눈치를 보는 현실이었다. 어쩔 수 없이 교직원 회의를 하고 찬반 투표를 하기로 했다. 투표 결과에는 모두 협조하기로 합의를 봤다. 투표 결과 찬성 쪽이 반수를 많이 초과해서 CCTV 설치를 결정하고 상부에 보고했다.

다행히 본교는 꼭 필요한 학교라고 해서 교육청에서도 밀어주었다. 학교 내 우범지대 3곳을 골라서 설치하고 교문에 CCTV 설치학교라는 홍보판을 붙였다. 그 결과 주민들뿐만 아니라 학생과 교직원들 모두 서로서로 행동을 조심하는 분위기가 형성되었고 학교 전체가 훨씬 깨끗하고 쾌적하면서 안전사고가 예방되었다.

10여 년이 훨씬 지난 지금은 우리나라 전 국토뿐만 아니라 지하철 안이나 아파트 입구에도 CCTV가 설치되어 범죄 예방과 범인 잡는데 큰 몫을 차지하고 있다.

러시아 청년 세 명이 우리나라에 관광객으로 입국해서 소매치기로 돈을 벌어가려고 지하철 안에서 지갑을 훔쳤다. 범행 후 며칠 지나지 않아 잡혀서 돈은 못 벌고 감옥행이 되었다. 우리나라는 CCTV 덕분에 소매치기가 근절된 지 오래인데 그 사람들은 정보가 부족했을 뿐만 아니라 죄질도 나쁘고 어리석은 사람들이었다.

나도 소매치기를 당한 경험이 있다. 5월은 어린이날과 어버이날이 겹쳐서 선물 준비로 고민이 많고 바쁘기도 했다. 애들이 어릴 때 막내를 업고 백화점을 갔다가 집에 와서 보니 가방이 면도칼로 10cm 정도 그어져 있었다. 다행히 분실물은 없었지만 업고 있던 아이가 무사해서 가슴을 쓸어내렸다. 이제 백화점엔 소매치기가 거의 없어서 편안한 마음으로 쇼핑할 수 있는 세상이 되었다.

오늘날은 학교 풍속도 많이 달라졌다. 학교를 비롯하여 우리나라 구석구석에 CCTV가 설치되어 있다.

현직에 있을 때는 그렇게 인권을 외치고 힘들게 했는데 지금은 매사에 안전을 중시하고 있다. 그것이 곧바로 내 인권을 지키는 길이기도 하다.

그 CCTV 덕분에 4년 6개월 동안 안전사고 없이 무사히 교장업무를 완수하고 명예롭게 정년을 맞이할 수 있었다. 다행히 훈장도 타고 연금도 받는 행복한 인생이 보장되었다.

문명은 지혜롭게 이용하는 것이 중요한 것 같다.

(2024)

병원 문화와 메르스

　계절의 여왕이며 장미의 계절인 5월이 저물어 가고, 1년 중 낮의 길이가 가장 길고 농작물들이 무럭무럭 자라는 6월이 시작되면서 우리 국민이 처음 접해 보는 '메르스'라는 바이러스가 TV 화면에 크게 부각되었다. 5월에 서울 집을 정리하고, 순천으로 이사를 와서 순천 시민이 되었다. 우물쭈물했으면 이사도 못 올 뻔했다.

　우리나라는 전통적으로 혈통을 중시하고 이웃끼리 상부상조하는 문화가 미풍양속으로 이어져 내려오고 있다. 그 대표적인 것이 향약과 두레, 계, 품앗이 등이었다. 씨족 중심의 사회에서 모든 경조사와 함께 농사일도 서로 도와가면서 정겹게 살아왔다. 그 전통을 이어받아 도시 문화가 발달 된 오늘날에도 "기쁨을 함께하면 배가 되고, 슬픔을 나누면 반이 된다."라는 구호 아래 서로 돕는 문화가 아름답게 유지되어 왔다. 그 대표적인 것으로 결혼식과 장례식이 있으며, 문병 문화도 한

몫을 크게 한다.

'메르스'가 중동호흡기증후군이라는 해설을 들으면서 '아하, 독감이구나!' 하고 알게 되었다. 그리고는 독감이면 모두 잘 극복하겠지 생각했는데 그 치사율이 40%라고 해서 놀랐다. 그리고 그 전파력에 전 국민은 경악하게 되었다.

나는 감기에 유난히 약하다. 그리고 나이도 많고 암 수술 경력도 있어서 고위험군에 속한다. 순천으로 이사 와서 안전하다고 느꼈는데, 이웃 동네 아저씨가 삼성서울병원에 문병을 다녀와서 메르스 확진 환자가 되었다는 소식에 마음이 온통 뒤숭숭했다.

우리나라에서의 결혼식 축하 문화가 너무 요란스럽다고 작은 결혼식 얘기들을 많이 하지만 실천은 잘못하고 있는 현실이다. 장례식 문화도 상주와 그 가족들을 위로하는 것은 좋지만 너무 지나친 감도 있다. 병문안도 환자와 그 가족의 아픔과 괴로움을 위로하는 것은 좋지만 너무 호들갑스러운 것 같다. 병원에 입원한 환자는 의사의 지시대로 조용히 병환 치료에 집중해야 하는데, 너무 많은 병문안 손님으로 피곤할 수도 있다. 지방에서 갑자기 열이 나고 아프니까 서울의 큰 병원으로 가야 하고, 예약이 잡히지 않아 응급실로 들어가서 입원하게 되는데, 그것이 이번 메르스 전파의 함정이 되었다.

가족을 비롯하여 줄줄이 문병하고, 환자와 접촉해서 의심 환자에서 확진 환자로 넘어가고, 심지어는 세상을 하직하는 불운을 겪는 분들도 생겼다. 뿐만 아니라 메르스 환자를 진료하던 의사가 메르스 확진 환자가 되고, 간호사들이 줄줄이 메르스 확진 환자가 되는 어처구니없는 현실이 매스컴을 통해서 알려질 때마다 전 국민은 공포에 떨어야 했다. 그리고 열심히 손발을 씻고 불필요한 외출은 삼가고 근신하게 되었다.

중동에 다녀온 한 사람이 달고 온 독감 바이러스로 인해 나라를 온통 독감 지옥으로 흔들어 놓았다. 각종 행사가 취소되고 옆에 있는 사람도 의심해야 하는 불행이 사회 전체에 만연한 것이다. 무서워서 병원도 못 가고, 식당도 못 가고, 지하철이나 버스도 못 타고, 친구와 이웃과의 소통도 통제된 채 잔인한 6월 한 달이 지나가니 조금 잠잠해졌다.

외국 관광객들이 우리나라 여행을 줄줄이 취소하는 사태로 국가 경제는 고난을 겪게 되고, 서로 책임을 전가하는 목소리가 높으면서 정치권은 그 틈새를 이용해 자기의 영역을 넓히느라 바쁜 것 같아 씁쓸하기도 했다. 가장 확실한 것은 종합병원 응급실을 지금과는 아주 다른 예방 위주의 방향으로 바꿔야 하고, 환자의 병문안 문화도 철저히 규제되고 통제해야 하는 게 맞는 정책이다.

병원 내 감염은 오래전부터 문제가 되고 있었다. 환자를 치료하던 의사나 간호사가 같은 병에 전염되어 고생하는 사례들은 흔치 않게 전해져 오고 있다. 조금 늦은 감이 있지만, 지금부터라도 철저히 개선해서 똑같은 피해사례가 생기지 않도록 해야 한다고 본다.

이번 메르스 사건을 보면서 그나마 다행스러운 것은 어린이들이 무사한 것이었다. 신종플루 사건 때는 어린이들이 많이 희생되는 바람에 가슴이 더욱 저미고 안타까웠다.

오늘날은 사람들이 해외로 많이 들락거리면서 여러 종류의 해외 문화가 밀려들어 오고 있는 현실이다. 해외에 다녀오는 사람들은 더욱더 건강관리를 철저히 해서 메르스 같은 불청객은 차단되도록 해야겠다. 그리고 우리는 병문안의 풍속도도 자제되고 바뀌어야 한다.

인생은 역시 건강이 최고라는 걸 또다시 확인하게 되었다.

(2015)

송홧가루와 미세먼지

2015년 6월 8일부터 나는 순천 시민이 되었다. 내가 미래를 상상할 때 순천 시민이 된다는 걸 한 번도 상상해 본 일이 없다. 그래도 노년기에 남편의 직장 따라 조그마한 정원 도시인 시골에서 한가롭게 사는 것도 큰 축복임에 틀림없다.

처음에 이사한다고 얘기하니까 주변 지인들이 모두 염려했다. 1967년 대학교에 입학하면서부터 서울 생활을 한 사람이 어떻게 지방에서 살 수 있겠느냐면서 걱정들이 많았다. 그러나 나는 별걱정 없이 이사하고 순천에서 한가로운 노년기를 행복하게 보내고 있다.

순천은 꽤 살기 좋은 정원 도시이다. 한반도의 남쪽에 자리 잡고 있어서 사계절 날씨가 좋고, 먹거리가 풍부하며, 바다가 가깝고 바람이 많이 불어서 공기가 무척 청정하다.

우리 아파트에서 남쪽으로 10분 정도 걸어가면 조례 호수공원이 있다. 그 호수의 동쪽에는 온통 소나무 숲으로 구성된 조그만 동산이 있다. 호수의 물과 소나무 숲이 어우러져서 조경이 아름답고 공기가 굉장히 맑다.

봄이면 매화꽃을 시작으로 벚꽃이 피고, 이어서 진달래와 철쭉꽃들이 만발하는 가운데 노란 개나리가 시기하듯 자태를 뽐내면서 피어난다. 4월과 5월에 걸쳐서 '나도 꽃을 피운다.'라면서 외치는 나무가 있다. 그것이 바로 소나무였다. 소나무에 '꽃이 핀다'는 게 조금 이상했다. 그런데 그것을 피부로 느끼게 되는 사건이 벌어졌다.

4월 하순경 어느 날, 봄이라 집 안 공기를 신선하게 한다고 운동 나가면서 창문을 열어 놓고 외출했다. 3시간쯤 후, 집에 돌아온 나는 마루가 이상하다는 것을 느꼈다. 노란 먼지가 온 마루에 쌓여있는 것을 보고 내 눈을 의심했다. 미세먼지가 이 정도로 심하게 쌓인다는 사실에 정말 놀랐다.

그것을 보면서 내 눈에 잘 보이지 않지만, 호흡할 때마다 의식 없이 미세먼지를 마셔댔으니 얼마 살지 못하고 죽을 것 같다는 느낌이었다. 그런데 자세히 들여다보니 다행히 송홧가루였다. 나는 송홧가루가 이렇게 멀리까지 날아온다는 사실에 또 한 번 놀랐다. 집 바로 옆에 소나무가 있는 것도 아닌데, 그들이 아주 멀리 여행을 한 것이었다.

소나무는 한 나뭇가지에 암술과 수술이 있는데 근친 혼인을 막기 위해 수꽃의 꽃가루에 공기주머니를 달아 놓고 멀리 날아가서 암술을 만날 수 있도록 했다니 자연의 이치가 신비롭다. 나는 그 이후 송화가 질 때까지 창문을 닫아 놓고 지내다가 비가 온 후에는 창문을 활짝 열고 환기를 시켰다.

송홧가루는 다식을 만들어 먹기도 하고, 우유나 요구르트에 타서 먹어도 좋으며, 따뜻한 물에 녹여서 차로도 마신다. 효능은 중풍 예방과 노화 방지, 혈액순환과 피부미용에도 도움이 된다고 한다. 또 몸을 가볍게 하고 정신을 맑게 해주며 감기 예방에도 효과가 있다고 한다.

이렇게 효능이 탁월한 송홧가루가 미세먼지로 인해 함부로 먹을 수도 없고 기피의 대상이 된다는 현실이 안타깝다.

요사이 나의 고민은 외출할 때 마스크를 해야만 하는지 안 해도 되는지가 매일 고민거리다. 방송에서는 마스크를 쓰라고 하는데 정말 마스크랑 친해지지 않는다. 메르스가 전국을 강타할 때도 마스크가 하기 싫어서 고민이었는데 지금은 미세먼지에다 꽃가루까지 보태어서 걱정이 많다.

나는 거의 매일 한 시간 정도 호수공원 주변을 산책한다. 계절에 알맞게 각종 꽃이 예쁘게 피고 지고, 녹색의 건강한 식물들이 잘 자라고 있으며, 호수 위에는 어리연의 꽃들이 예쁘게 피고 그 아래에는 잉어 떼들이 어울려서 유영하고 있다.

이 아름다운 자연에 어울리지 않게 산책하는 사람들은 모자를 깊이 눌러쓰고, 시커먼 선글라스를 쓰고 걷는데 그 모습까지는 그런대로 봐 줄 만한데, 온통 얼굴을 가리는 마스크를 눈 아래까지 하고 다니는 모습은 자연과 너무 어울리지 않는 부자연스러운 모습이다. 그 모습을 하려고 생각하니 정말 싫어서, 마스크를 계속 거부하고 있지만, 고민이 많다. 언제까지 버틸 수 있을지? 송홧가루 마시는 것 정도는 참을 수 있는데 미세먼지를 계속 마셔야 한다면 반드시 해결책이 필요하다고 여기기 때문이다.

사람이나 자연이나 이웃을 잘 두어야 한다. 우리나라는 불행하게도 조상 대대로 이웃을 잘못 두어서 고난이 심했다. 지금도 계속 당하고 있다. 독도 문제도 말이 안 되는데, 북핵 문제에 이어 사드 배치 문제로 치열하게 곤욕을 치르고 있다. 거기에 미세먼지 문제까지 겹쳐서 골칫덩어리다. 서해라는 넓은 바다를 건너서 날아온다는 것이 쉽게 이해되지는 않지만 현실이다. 대륙에서 이 문제를 해결해 주어야 할 텐데 정말 걱정이다. 나의 세대는 그럭저럭 산다고 해도 자라나는 아이들의 미래를 위해서 빠른 해결책이 나오기를 간절히 소망한다.

(2017)

물과 불

물과 불에 관한 얘기가 많이 있다. 물과 불이 싸우면 누가 이길까? 불이 이길 것처럼 보이지만 실제로는 물이 이긴다. 물이 불을 잠재우니까.

우리 속담에 "불구경 안 하는 군자 없다." "빈대 잡으려다 초가삼간 태운다."라는 말도 있다. 화가 나면 불 지르겠다는 말도 자주 한다. "불이야!"라는 노래도 있다. 불이 나는 꿈을 꾸면 돈이 들어온다는 말도 있다.

사람들은 큰 행사 때마다 폭죽을 터뜨리고, 야외로 놀러 가서는 밤에 꼭 캠프파이어를 한다. 학생 수련회 때도 꼭 밤에 불꽃 행사를 하곤 했다. 불을 보면 숙연해지면서 진지해지고, 뭔가 희망이 넘치고 행복해진다.

예전에는 정월 대보름 때 달집을 크게 짓고, 달집을 태우면서 소원을 빌고, 이웃과 가족들이 모두 함께 대보름을 즐기면서 그해의 풍년을 빌었다. 고구마나 감자도 구워 먹고 숯다리미에 콩을 담아 와서 콩도 볶아 먹었다. 이제는 구경하기 어려운 옛날이야기이다.

물 하면 바닷물, 강물, 시냇물, 빗물, 수돗물, 생수 등을 열거할 수 있다. 물은 우주 만물 생명의 원천이다. 아기도 배 속에 있을 때는 물속에서 자란다.

나는 어릴 때 바다 가까이에 살았고, 중·고등학교 때에는 바다를 내려다보면서 공부했다. 그래서 항상 물에 대한 그리움이 있으며 바다를 너무너무 좋아했다.

고등학교를 졸업하고 서울 생활을 하면서 나를 그리움에 목마르게 한 대상은 가족이나 친구가 아니라 바다였다. 바다는 내 친구요, 가족이요, 연인이었다. 그래서 바다가 보고 싶어 서울에서 가장 가까운 바다인 인천으로 놀러 간 적이 있었는데 그때는 매우 실망했다. 거기엔 바다는 없고 뻘밭과 흙탕물만 있었다. 그 이후 인천은 가지도 않고 머리와 눈과 가슴속에는 어릴 적 바다만 그리움으로 남아있게 되었다.

물과 불은 꼭 필요하면서 편리하고 우리의 생명을 이어주는 소중한 존재이지만 둘 다 화가 나면 굉장히 위험한 대상이다. 그래도 물보다는 불이 나은 것 같다는 생각을 세월호 사건을 보면서 깨달았다.

물이 배를 삼키니 정말 속수무책이라는 말이 생각났다. 우리 인간이 물 앞에서 이렇게 무력하다는 것을 세월호가 가르쳐 주었다. 타이타닉

영화를 보면서 두 주인공의 애절하고 못다 피고 져버린 젊음에 안타까워하였지만, 지금 우리 앞에 처한 현실처럼 가슴을 후비고 파고드는 절절함이나 아픔은 없었다. 인간의 힘이 물 앞에서는 얼마나 무력한지를 잘 보여주고 있었다. 가족들의 애통함과 수학여행을 보낸 학교의 교직원들은 얼마나 고통스럽고 힘들지 미루어 짐작된다. 아마 나의 짐작보다 천배 만배 더 고통스러울 것이다. 어쩌면 살아 있어도 죽은 것보다 못할 수도 있을 것이다.

크루즈 여행이 가고 싶었다. 바다를 좋아하고 퇴직 이후 여유로운 삶이 그리워서 실행에 옮겨 보고 싶었지만 수영 못하는 나는 두려워서 차일피일 미루다가 오늘까지 왔는데 이제는 깨끗이 접어야 할 시점이 된 것 같다. 어른인 나도 크루즈 여행을 가고 싶은데 한창때인 학생들이 친구와 함께 수학여행을 간다면 얼마나 신나는 일이었겠는가. 그러나 어떤 여행도 생명의 안전이 최우선 순위다. 단체로 갈 때는 더욱 조심하고, 안전장치를 겹겹으로 해야 한다.

여행은 '어디로' 가느냐보다 '누구랑' 가느냐가 더 의미 있는 것 같다.

15년 전쯤 남편이랑 제주도 여행을 갔었다. 여행사를 따라가지 않고 둘이 비행기를 타고 제주도로 갔다. 스케줄이 여유로워서 남편이 바다낚시를 하겠다고 해서 나도 따라 배에 올라탔다. 조그만 배에는 선장과 남편과 나 달랑 세 사람뿐이었다.

배가 육지에서 점점 멀어질수록 무섭고 두렵기 시작했다. 그렇다고 되돌리기에는 너무 늦었고 남편이나 선장의 입장도 헤아려야 했으므로 가슴을 졸이면서 두 사람만 지켜보고 있었다. 그 시간이 얼마나 길고 지루했던지 지금 생각해도 오금이 저리다. 잡은 고기로 회를 쳐서 남편과 선장은 맛있게 먹고 있었지만 나는 무사히 낚시가 끝났다는 안도감으로 행복했다. 그리고 어떤 경우에도 이렇게 조그만 배는 타지 않겠다고 결심했다.

달빛이 고요한 밤에 물가에 가면 물 위를 걷고 싶다는 충동을 느낀다. 물 위를 어떻게 걷는단 말인가? 말이 안 되지만 그러한 충동을 느끼는 것은 사실이다. 그래서 밤에 물가에 가지 말아야지 한다.

신라의 고도 경주 안압지의 밤 풍경은 너무 아름다웠다. 정말 빠져 죽고 싶다는 충동이 생길 정도였다. 그러고는 깜짝 놀랐다. 내가 미쳤나 하고….

늘 고마운 게 물과 불이다. 우리 인간은 만물의 영장이다. 욕심을 버리고 마음을 비우면서 물과 불과 사이좋게 지내면서 이들 덕분에 우리 인류가 존재하고 행복하다는 것을 느끼면서 감사하는 마음으로 살아가도록 해야겠다. 이로 인한 재앙이나 인재는 영원히 사라졌으면 좋겠다.

(2014)

겨울의 길목에서

할머니들이 모이면 손자나 손녀 자랑에 염치나 체면을 집어던지고 침을 튀긴다. 어떤 면에서는 좀 지나친 것처럼 보일 수도 있다. 그러나 왜 그렇게 할머니들이 손주들에게 흥분하면서 몰입하는지는 분명한 이유가 있다.

봄이 되면 꽃장수 아저씨들이 트럭에 화분을 하나 가득 싣고 거리로 나와서 판매한다. 그리고 꽃집에도 너무나 아름다운 어린 화초들을 진열해 두고 손님을 기다린다. 모두 하나같이 앙증맞으며 귀엽고 예쁘다. 그것을 볼 때마다 모두 다 사다가 정성스럽게 키우고 싶은 마음이 간절하다.

재직하던 학교에 공터가 60여 평 있었는데 그곳에 텃밭을 일구었다. 처음에 조금씩 나누어서 분양한다고 광고했으나 희망자가 없어서 럭비부 감독님이 밭을 일구고 거름을 주고 씨앗을 뿌려서 아름답게 가꾸었다. 봄이 되어 새싹들이 머리를 치켜들고 나오는데 너무나 예쁘고 아름다워 보고 있노라면 근심과 시름이 몽땅 사라졌다.

우리 아파트 단지에 고양이들이 살고 있다. 덕분에 쥐들이 사라진 지 오래다. 그 고양이들이 새끼를 낳아서 돌아다니는 아기고양이를 볼 때면 정말 신기하다. 그러니 모든 만물은 태어나면 축복이요 사랑스러운 것이다.

나에게도 손자와 손녀가 각각 2명씩 있다. 태어나서 지금까지 줄곧 지켜보는데 매우 사랑스럽고 자랑스러우며 가장 소중한 보물들이다. 그 소중한 보물들을 보면서 나도 함께 성숙 되어감을 느끼곤 한다.

봄은 찬란한 계절이요 희망이 흘러넘치는 계절이다. 나도 그랬고 모든 사람과 생물, 식물이 다 그렇다. 무더운 여름에 무럭무럭 자라고 성장하여 튼실하게 육질을 불린다. 가을 추수를 끝내고 나면 점점 그리고 서서히 겨울의 길목으로 다가간다. 이러한 자연의 순리에 모두 복종해야 하며 강물이 아래로만 흐르듯이 어쩔 수 없이 따라야 하는 삼라만상의 운명 같은 거다.

"늙을수록 좋은 것은 호박밖에 없다."라는 말이 있다. 정말 누런 호박을 보면 먹음직스럽고 흐뭇하다. 가을이면 산과 들은 온통 단풍으로 아름답게 물들고 있다. 그런데 할머니가 정말 아름답게 보인 적은 별로 없는 것 같다. 예전에는 나는 예외가 되겠다고 우겼지만 지금 내 얼굴에 쌓이는 주름살과 침침한 눈매와 노인네 같은 몸매는 어쩔 수 없이 평균치를 따라가고 있다.

　겨울의 길목에 서서 쓸쓸한 마음을 가슴 깊이 접어두고, 저무는 태양처럼 숭고한 마음으로 오늘과 내일을 충실히 살아야겠다고 조용히 다짐해 본다.

(2019)

내 나이가 어때서

'인생은 60부터'라고 한다. 또 '나이는 숫자에 불과하다.'라고도 한다. 예전엔 정말 그런 줄 알았다. 내 나이가 60대에 접어들면서 국가로부터 정년퇴직이라는 명을 받고는 점점 나이에 대한 현실감이 생기기 시작했다.

어느 날 우연히 거울 앞에 선 내 모습을 보면서 소스라치게 놀랐다. 아니 나는 어디로 가고 어머니의 모습만 서 있는가? 어떡하면 좋을까? 나이를 먹으면서 내 모습이 점점 어머니를 닮아 가고 있는 것이었다.

나이는 숫자에 불과하다고 외쳤는데, 어느새 초로의 할머니 모습으로 변해있는 나를 어떻게 설명하면 좋을까? 이미 손자와 손녀가 4명이나 태어나서 무럭무럭 잘 자라고 있는 할머니인 것은 엄연한 사실이다. 그래도 젊고 아름다운 청춘이고 싶은 것은 무슨 마음일까? 아이들은 내가 태어날 때부터 할머니인 줄 알겠지?

「내 나이가 어때서」라는 노래를 불러서 많은 사람의 사랑을 받아오던 가수가 국민 공주인 부인을 잃게 될 줄은 생각지도 못했다. 아이들이 태어나서 자라듯이 우리 어른들은 늙고 병들고 죽어가는 것이 인생의 진리인데, 우리는 그것을 인정하고 싶지 않은 것이다. 특히 나와 내 가족의 경우엔 더욱 그렇다.

생로병사를 피할 길은 없지만, 그래도 건강하고 행복하게 살려는 노력은 꾸준히 해야 할 것 같다. 건강을 유지하는 비결은 책과 방송 등을 통해서 많이 알려졌지만 실천하는 건 결코 쉽지 않다. 심신을 건강하게 유지하기 위해서는 잘 먹고, 열심히 운동하고, 두뇌 활동도 활발히 해야 한다. 퇴직하고 나서 여기저기 관절들이 빨간 사인을 보낸다. 이미 너무 많이 사용해서 조심하라고 외친다. 그래서 요사이는 걷기운동, 아쿠아와 요가를 열심히 하고 있다. 피할 수 없으면 즐기라고 했다.

오늘도 나는 '내 나이가 어때서'를 외치면서, '하루하루 건강하고 행복한 모습으로 살아야겠다.'라는 다짐을 해 본다.

(2011)

못 말리는 나의 버릇

누구에게나 개인적인 버릇이 있다. 살면서 환경의 영향을 받아서 만들어진 것들이다.

너무나 큰 충격을 받았다든지 심한 아픔을 경험했든지 어쨌든 삶의 체험에서 형성된 것들이 대부분이다. 나에게는 2가지의 못 말리는 버릇이 있다. 하나는 시간 조급증이고 또 다른 하나는 가스 염려증이다.

학창 시절을 보낸 것은 경남의 항구 도시인 마산이었다. 대학은 서울로 가야만 할 것 같아서 서울의 명문 사립대학인 Y 대학에 원서를 내고 호기심과 두려움에 떨면서 서울에 입학시험을 보러왔다. 입시가 겨울의 한복판이라서 무척 추웠다. 마산은 겨울이라도 따뜻한 편인데 서울의 겨울은 정말 추웠다. 꼭 입시 한파라는 것까지 몰아쳐서 너무나 추운 날씨였다.

무교동에 숙소를 정하고 아침에 일찍 시험을 치려고 나서려는데 아버지께서 날씨가 추우니 시간을 맞춰서 가자고 하셨다. 아버지께서 시키는 대로 했는데 막상 도로에 나가니 택시가 잡히지 않았다. 마음은 초조하고 차는 잡히지 않고 시간은 자꾸만 흐르고 정말 안타까운 순간이었다. 그 당시는 지원 세력도 별로 없이 시골의 촌뜨기인 나는 발만 동동 굴렸다.

어쩔 수 없이 지각하고 시험은 망치고 불합격의 불명예를 안고, 깊은 좌절을 경험하게 되었다. 그 이후 나의 철학은 30분 전에 현장에 도착해야 한다는 것이었다. 43년이 지난 지금에도 나의 철학에는 변함이 없다. 물론 그 버릇이 동행이 있을 때는 여러 가지 갈등을 불러일으키기도 한다. 그럴 때도 물러서지 않고 설득해서 언제나 미리 도착해서 마음의 준비를 하는 쪽으로 선택한다.

큰아이가 대학 시험 볼 때도 새벽같이 차에 태워서 싣고 가니 아이가 너무 빠르다고 불평했다. 미리 가서 준비하는 것은 잃을 것이 없다는 것을 계속 강조하면서 아이를 달랬다.

교장이 된 이후에는 항상 1시간 전에 학교에 도착해서 그날의 일과를 준비해 놓고 학교를 한 바퀴 순시하고 밤사이에 일어난 일들을 점검하고 지시도 한다. 그리고 일찍 출근하는 사람들과 업무 협의도 하고 하루의 일과를 경쾌하게 시작하곤 했다.

아침에 일찍 출근하는 사람들을 무척 아끼고 사랑한다. 일찍 등교하는 학생들에게 아낌없이 칭찬한다. 이것은 순전히 개인적인 성향이다.

이것이 꼭 옳다는 것은 아니지만 좋은 버릇이라고 여긴다. 43년 전의 나의 실패 체험 때문에 생긴 버릇이다. 가끔 우스갯소리로 이러다가 죽는 것도 빨리 갈지 모른다는 소리를 가끔 하면서 한바탕 웃는다. 그래도 이미 70여 년을 살았으니, 기본은 충분히 살았다고 생각한다.

또 다른 버릇은 못 말리는 가스 염려증이다. 혈액형 때문인지 만사에 걱정과 근심이 많고 낙천적이지 못하다. 일어나지도 않을 일들을 항상 염려하면서 미리 조심하고 또 조심한다.

우리 아이 셋이 세대를 분리해서 따로따로 산다. 설상가상으로 막내는 미국에서 살고 있다. 아침이면 눈 감고 한바탕 자식들 집을 머릿속으로 순례한다. 그러는 내가 웃겨서 미소를 짓는다.

아침을 먹고 집을 나서려면 나는 부엌을 몇 번씩 들락거린다. 어떨 때는 아파트 밖까지 나갔다가 다시 집에 들어오기도 한다. 가스 염려증 때문이다. 요사이는 그 횟수가 부쩍 늘었다. 10여 년 전에 시댁의 가족들 20여 명이 함께 제주도로 가족 여행을 갔었다. 제주 공항에 도착해서 비행기에서 내리는데 갑자기 주방의 가스 생각이 났다. 아무리 생각해도 주방 가스의 뒷밸브를 잠그지 않은 것 같았다. 걱정도 되고 우울했지만 그렇다고 서울로 돌아올 수도 없고 다른 식구들이 걱정할까 봐 혼자서만 계속 그 걱정으로 우울했다.

3박 4일의 여행을 마치고 집에 돌아와 보니 분명하게 가스는 몽땅 잠겨져 있었다. 괜히 쓸데없는 걱정으로 우울한 여행을 했다는 억울함이 느껴졌다. 나는 어떻게 하면 가스 염려증으로부터 해방될 수 있을까에 대해서 많이 고민하고 연구를 했다. 그 결과 외출 한 시간 전에는 가스를 사용하지 말자는 규칙을 만들었다.

요즘은 식구가 많지 않으니까 아침 시간에 조리하는 것을 가능한 줄이고 있다. 출근 시간에 다시 집에 들어오는 일이 생기지 않도록 아침 출근 시간 전에는 몇 번씩 주방의 가스를 확인한다.

매사에 미리 준비하고 조심하는 것이 최선이라고 생각하는 것이 나의 철학이다.

(2010)

6 : 나의 꿈, 나의 삶

나는
힘차게 도약하는 교장으로 출발하였다.
아침 일찍 출근하여
밤사이 학교가 안녕한지 문안을 여쭙고,
학교 구석구석을 살폈다.
나는 원래 소심하고 걱정이 많아서
더욱 학교 관리에 신경을 많이 썼다.
학생들이 한 둘씩 등교하면
학생들을 반갑게 맞이하고 사랑하는 마음으로
지도하려고 노력을 기울였다.
- 본문 중에서

인생에서 학교의 의미

나는 1948년 지리산 끝자락의 한 농촌 마을에서 몰락한 양반의 큰딸로 태어났다. 아버지께서는 내가 딸로 태어난 것이 몹시 서운했다는 말씀하셨다. 그리고 아들이 아니라는 사실을 두고두고 아쉬워하셨다.

다행히 3년 후에 남동생이 태어남으로써 그 서운함을 해소시켜 주었다. 지금은 남동생이 3명이나 되니 아버지의 아들에 대한 욕구는 충분히 충족된 셈이다.

만 6세에 초등학교에 입학해서 대학까지 16년을 피교육자 위치에서 열심히 공부했다. 졸업과 동시에 고등학교 은사님의 권유로 모교에 교사로 취직하게 되었으니, 피교육자의 처지에서 교육자의 자리로 위치가 바뀌었다.

학생 때도 행복했지만 그때 나는 초임 교사로서도 늘 행복했다. 언제나 열심히 최선을 다해서 학생들을 지도하고 업무도 충실히 수행했다. 그러다가 4개월쯤 후에 서울의 공립학교에 특채가 되어서 정년 할 때까지 수도 교육에 헌신하는 교육 공무원이 되었다.

교사로 근무하면서 교육대학원을 5학기 다니고, 교감 시절에는 학교경영관리대학원을 5학기 다녔다. 이로써 내 인생에서 21년을 학생으로서 배움의 정신을 놓지 않고 정열적으로 학업에 매진하고, 39년 6개월은 교육자로서 내 인생의 모두를 걸었다.

취직하고 3년쯤 지나서 결혼했다. 그 당시는 결혼하면 대체로 직장을 그만두던 시절이었다. 그러나 나의 경우엔 시아버지께서 신장염으로 투병 중이셨고, 공부하는 동생들이 3명이나 있어서 시댁 생활비를 지원해야 했다. 그리고 친정도 아버지 사업이 부실하여 경제적으로 어려움을 겪고 계셔서 교사로 계속 근무할 수밖에 없는 상황이었다. 고단하기는 하지만 학교생활은 재미있고 의미가 있었다.

그때의 어려움과 고단함을 잘 극복하고 참아낸 것이 교장이라는 명패와 정년과 연금이라는 큰 선물에 보태어 훈장까지 받았다.

현직에 있을 때는 기여금의 뜻도 잘 모르고 투덜거렸는데 지금은 너무 행복하다.

연금은 나머지 인생의 커다란 축복이자 희망이다.

(2015)

평교사 시절

"20대와 30대의 교사는 아는 것을 모두 가르치려 하고, 40대 교사는 중요한 것만 골라서 가르치고, 50대 교사는 생각나는 대로 가르치고, 60대 교사는 말 나오는 대로 가르친다."라는 유머가 있다. 아주 근거 없는 얘기는 아닌 것 같다.

공부하는 것도 좋아하고, 가르치는 것도 좋아하고, 공부를 강제로 시키는 것도 좋아했다. 그래서 내가 담임인 우리 반 학생들은 조금은 고달픈 학교생활을 했을 것이다. 그런데 열심히 강제로 공부를 시키면 안전사고도 많이 예방되었다.

예전에는 1반에 70여 명으로 학생들로 바글거렸는데 남학생반은 사고가 매일 생기고, 다리나 팔을 다쳐서 보조 장치를 하고 다니는 학생들이 늘 있었다. 학교생활이 항상 시한폭탄을 안고 사는 기분이었다. 지금도 그렇지만 수업보다 학생들 안전사고가 항상 뜨거운 감자였다.

40대에 접어들면서 생명의 소중함을 절실히 깨닫게 되고, 다치지 않고 잘 자라 주는 것만이 최선이라는 것을 서서히 느끼기 시작했다. 이때 영림중학교에 재직하면서 교도 교사 강습을 받게 되었다.

겨울 방학 때 180시간 상담기법 연수를 받으면서 나의 강압적인 주입식 교육이 문제가 있다는 것을 깨달았다. 대화를 중시하고 잘 들어 주어야 한다는 것도 배웠다. 강압적 주입식 학습보다는 건강이나 진로 지도에도 관심을 기울이면서 학생을 존중하고 쌍방 통행해야 한다는 것을 알게 된 후 실천하려고 노력했다.

그런데 마음뿐이고 70여 명의 학생을 다 존중해 주고 사랑으로 포용하고 대화로써 설득시키면서 학생 지도를 하기에는 여건이 너무 열악했다.

고등학교 입시인 연합고사가 실시되던 시절이어서 아침 자율학습 지도를 하고, 수업은 주당 교과 24시간과 특별활동 2시간에 보충수업도 5시간씩 실시하여 주당 총 31시간이나 하면서 교무업무도 봐야 하고 생활지도도 해야 했다.

사실 지금은 그 시절에 비하면 교사의 근무 여건이 많이 좋아졌다. 물론 오늘날의 학생들이 그 시절의 학생들이 아니고, 그 시절의 학부모가 아닌 것은 사실이다. 그래도 그때 잘 참고 견딘 것이 오늘날의 축복이 된 것이라는 생각을 항상 한다.

교도 교사 자격증을 받은 후부터는 주로 상담실에서 많이 근무했다.

그리고 부족하지만 나름대로 철학과 소신으로 학생 관점에서 매사를 생각하고 배려하려는 노력을 많이 기울였다.

공부가 부족하고 조금 모자라는 학생도 아끼고 사랑하려는 마음이 생겼다. 그전에는 그런 학생들에게 퉁명스럽고 불친절하게 말했는데 부드러워진 자신을 발견했다. 그랬더니 조금 부족한 아이들이 항상 내 주변에서 맴돌았다. 준비물이 없으면 챙겨주기도 하고, 현금이 필요하면 적은 액수는 주기도 했다.

지능이 조금 낮은 한 학생은 졸업 후에도 자주 상담실에 들러서 이런저런 얘기도 하고 외로움도 달래면서 놀다 가곤 했다. 먹을 것도 주고 얘기도 들어 주면서 가깝게 지냈다. 한번은 학교에 와서 이야기하고 놀다가 돈 5,000원만 달라고 했다. 그 당시에는 꽤 큰 액수였다. 어디에 사용할 거냐고 물었더니 남자 친구 생일 선물 사려고 한다고 했다. 나는 조금 화가 났다. 그래서 돈이 없다고 하면서 주지 않았다. 그 이후로 그 학생이 나타나지 않았다. 내가 잘못한 것 같아서 무척 후회했다. 지금도 그때의 옹졸함을 후회하고 있다.

가끔 집단 상담도 했다. 어느 날 특수학급 학생들을 대상으로 집단 상담을 실시했는데 진행이 부드럽게 잘되지 않아서 그냥저냥 놀면서 마무리했다. 끝나고 학교 앞 중식 레스토랑에 들어가서 단체로 자장면을 시켜 먹었다. 그 시절에만 해도 자장면도 귀할 때였다. 학생들이 너무 맛있게 먹었다. 나도 같이 맛있게 먹었다. 그 이후 그 학생들은 나만 보면 또 상담하자고 졸라대서 나를 행복하게 했다. 그때 탕수육을 시켜 주지 않은 것이 두고두고 후회되었다.

신원중학교로 이동해서 새마을 부장을 했다. 그 당시는 연합고사 준비로 공부를 많이 시켰다. 외우게 하고 숙제도 많이 내고 담임은 아침 자율학습도 열심히 시키던 시절이었다. 나는 수업 시간에 아주 엄격한 사람이었다. 수업한 것을 수시로 질문하고, 잘못 답변하면 꾸중도 했는데, 방법을 바꾸어서 틀리면 점심시간에 잡초를 20개씩 뽑아오게 했다.

새마을 부장을 하다 보니 학교 운동장이나 건물 주변과 화단에 잡초가 많은 것이 눈에 거슬렸다. 혼자서 하려니 시간이 너무 많이 걸리고 능률도 오르지 않아 답답했다. 그래서 학생들을 시켜 보려니 마땅치가 않아서 벌칙으로 시켰다. 처음에는 학생들이 좋아하고 학교도 깨끗해지고 환경교육도 되는 것 같아서 자주 이용했는데 문제가 생겼다.

학생들이 잡초와 화초를 구별하는 것이 어려웠다. 사실 잡초와 화초를 가르치는 것도 공부지만 너무 힘들어서 포기하고, 내가 쉬는 시간이나 점심시간에 다니면서 가끔 잡초를 뽑았다. 운동도 되고 정신건강에도 매우 좋았다. 나는 어려서부터 화초와 나무를 무척 좋아했다. 대학 진학을 원예 학과로 가려고 생각했을 정도로 좋아해서 새마을 부장 자리는 적임인 듯했다.

40대 후반에 접어들면서 월촌중학교로 이동했다. 상담실에 근무하면서 학생들과 가까이 지냈는데, 중간고사 기간인데 빈 교실에 한 학생이 하교하지 않고 혼자 우두커니 앉아 있었다. 가슴이 철렁 내려앉았다. 교실 문을 열고 들어가서 조용히 친절하게 왜 귀가하지 않느냐고 물었더니 시험을 너무 못 봐서 집에 갈 수가 없다고 했다.

그 학생을 상담실로 오게 해서 마실 것도 주고 간식도 주면서 한참 대화를 나누었다. 그리고 엄마한테 전화해서 엄마를 오시라고 하고 싶은데 괜찮으냐고 물었더니 좋다고 해서 어머니께 전화를 드렸다. 어머님께서 아이가 귀가하지 않아서 무척 걱정하는 중이었는데 전화 주셔서 매우 고맙다고 했다. 그 애 어머니를 상담실로 오게 해서 한참 동안 대화를 나눈 후, 엄마와 학생이 함께 손잡고 귀가하도록 지도했다. 정말 위험한 순간이었다.

학교생활을 열심히 하면서도 나이 먹는 것을 점점 의식하게 되었고, 학교생활은 조금씩 위기를 맞게 된 듯했다. 사실 50대가 코앞이라는 사실이 나도 좀 끔찍했다. 거울 속에 비친 내 모습이 나는 보이지 않고 어떤 중년 부인이 떡 버티고 서 있는 것이었다.

얼굴이며 몸매며 풍기는 모습이 정말 마음에 들지 않았다. '벌써 이렇게 나이를 먹었구나!' 하는 회한이 서서히 밀려오고 있었다. 내가 봐도 호감이 가는 모습은 아니었다. 하물며 학생들이나 학부모들은 더 재미가 없을 것 같았다. 50대와 60대를 대비해서 뭔가 새로운 것을 모색해야겠다는 생각이 들었다. 그래서 장학사 시험을 봤다.

다행히 1차 시험에는 붙었다. 그 후 2차 시험을 위해서 1달 동안 열심히 공부했다. 2차 시험이 끝나고 3차 실사 시험이 있는데, 잠시 머리를 식히고자 상담실 선생님들과 양평에 1박 2일로 여행을 갔다. 불행히도 출발하는 날 오후에 실사단이 학교에 들이닥친 것이다. 예고 없이 왔다고 원망했지만 이미 상황은 종료된 상태였다. '내년에 봐야지!' 하고 위로했었는데, 그다음 해에는 만 48세 이하라는 조건이 붙어서 결국 장학사의 길을 포기하고 말았다.

50대 초반에 나는 경서중학교로 이동하게 되었다. 경서중학교는 가양동에 자리 잡고 있는 학교로서 주변에 장애인 임대 아파트가 있어서 본인이 장애가 있거나 부모가 장애가 있는 학생들이 간혹 있었다. 이 학교에 바로 서지를 못 하고 휠체어에 의존하여 살아가는 학생이 한 명 있었다. 그 학생의 부모님은 딸이 정상적인 중학교를 졸업하는 것이 소원이었다. 학교에서나 학생들 처지에서는 여간 어려운 것이 아니었지만 모두 슬기롭게 감수했다. 그 반 친구들은 항상 그 아이를 친절하게 도와주었다. 그러나 자립심이 없어진다고 엄마가 홀로서기를 시키라고 요청해서 혼자 화장실 출입을 하게 했다.

어느 날 복도를 지나는데 화장실에서 사람 소리가 나서 들어가 봤더니 그 학생이 휠체어에서 떨어져서 발버둥 치고 있었다. 너무 놀라서 뛰어가 학생을 일으켜 세우려 했지만 어림도 없었다. 도저히 불가능해서 교실을 향해 소리 질렀더니 옆 교실에서 수업하는 선생님이 달려오셔서 겨우 휠체어에 앉히고 교실까지 밀어다 주었다.

그날은 온종일 우울하고 가슴이 아팠다. 걸을 수 있는 것만으로도 인생의 진정한 축복이라는 것을 가슴 깊이 느꼈다. 그 후 같은 층에서 근무하던 나는 그 아이를 특별히 돌보았다. 세월은 흘러 그 학생도 중학교를 무사히 졸업하고 고등학교에 진학했다. 학교 측에서는 졸업식 때 그 엄마에게 장한 어머니상을 수여해서 그동안의 노고를 치하했다. 그분은 모든 학부모와 교사들의 귀감이 되었다.

50대 초반에는 방향 전환을 해서 교감이 되는 길을 적극적으로 탐색하기 시작했다. 내가 막연히 생각했던 것보다는 훨씬 어렵고 치열했다. 그동안 승진에 대해서 별로 생각해 보지 않았다. 집과 학교를 오가면서 오직 학교 학생들과 나의 아이들 교육에만 관심이 있었다. 세월은 아무도 비껴가지 못했다. 세월에 맞게 살아야 하는 것이 정답으로 보였다.

새롭게 공부를 시작했다. 시작이 어렵지, 시작만 하면 열심히 하는 편이다. 교감이 되려면 열심히 준비해야 하지만 열심히 준비한다고 반드시 이루어지는 것은 아니었다.

교감이 되려면 경력, 학력, 논문, 연수, 근무평정, 컴퓨터 활용 능력 등등 다양한 방면에서 완벽에 가까운 점수를 쌓아야 하는데, 대부분 개인의 노력으로 점수를 채울 수 있지만, 근무평정은 자기의 노력만으로는 한계가 있는 제일 어려운 분야였다.

또 이미 50대이므로 컴퓨터 활용 능력 점수는 상당히 높은 고개였다. 그렇다고 포기할 수 없어서 컴퓨터 타자 연습부터 열심히 했다. 워드 활용 능력 필기시험을 보러 갔더니 감독관이 나의 신분증을 보면서 "대단하십니다!"라고 해서 나는 조용히 웃었다. 칭찬으로 받아들였다. 해마다 논문을 쓰고, 워드 자격증도 따고 근무평정도 잘 받아 교감 강습을 받게 되었다.

교감 연수는 정말 힘들었다. 학교 수업도 해야 하고, 업무도 봐야 하고, 집안 살림도 해야 하니까 정말 타이어를 3개 몸에 매달고 달리는 기분이었다. 연수를 받는 것도 중요하지만 상위권의 점수를 받아야 하는 중압감으로 미친 듯이 공부했다. 남자 선생님들이 처음으로 너무 부러웠다.

여자는 밥상을 차려야 하는 팔자라는 것이 조금은 원망스럽기도 했다. 도우미를 두려고 했더니 가족이 모두 반대하면서 엄마를 돕겠다고 했지만 성질 급한 내가 언제 기다리겠는가? '내 손이 내 딸이지!' 하면서 부지런히 움직였다. 그렇게 고생한 결과 상위권 점수를 받아서 2002년 2월 말에 교감 발령을 받았다.

(2015)

교감이 되어서

방화동 개화산 끝자락에 산을 등지고 시골 풍경 같은 아름다운 마을이 있다. 새로 개발된 지역이라 동네가 조용하고 깨끗하며 공기도 쾌적했다. 그 동네 한쪽에 새로 단장한 지 몇 년밖에 되지 않는 조그만 학교가 있다. 그곳이 내가 교감으로 부임하게 되는 방원중학교다.

처음 평교사로 등교할 때는 학생들의 눈망울이 두렵더니 교감으로 발령받고 나니 선생님들의 시선이 무섭게 느껴졌다. 교장 선생님을 잘 보필하고 선생님들과 슬기롭게 교육활동을 잘 이루어 갈 수 있을지 걱정이 되었다.

학교에서의 교육활동은 학습지도와 생활지도가 양대 주축을 이룬다. 이 두 마리 토끼를 모두 잡아야 한다. 현실적으로는 생활지도가 더 중요하다. 학생들의 안전을 지켜야 하기 때문이다. 다른 어떤 것보다 최우선 순위다. 학교는 안전한 곳이라는 것을 모든 국민에게 인식

시켜 주어야 학부모들이 안심하고 아이를 학교에 보낼 수 있다. 그래서 교감과 교장들은 학생들의 안전사고 예방에 심혈을 기울인다.

우리 학교에서는 홀수 수업 시간에는 교장 선생님께서 순시하고, 짝수 수업 시간에는 교감이 순시했다. 수업에 빠진 교사가 있어서 교실에서 학생들이 우왕좌왕할까 봐 열심히 순시했다. 가끔 잊어버리고 수업에 불참하는 교사가 몇 분 계셨다. 시간표가 변경되었을 때 특히 많았다. 이럴 때는 대신 수업 지도를 하면서 교무실에 연락해서 선생님을 모셔 오곤 했다. 그리고 선생님께서 5분이 지나도 입실하지 않으면 반장은 반드시 교무실로 연락하라고 홍보했다.

화장실도 항상 순시의 대상이었다. 아픈 학생이나 담배 피우는 학생을 지도하기 위해서였다. 가끔 휴지 달라고 외치는 학생이 있으면 급조를 하기도 했다. 아침 자율학습 시간과 점심시간과 방과 후에도 반드시 순시했다. 학생들의 안전사고 예방을 위해서였다. 학생들의 안전이 나의 안전이다. 학생들이 사고가 나서 아프면 나는 그 10배 또는 100배로 더 아파야 했다. 그것이 학교 관리자의 양심이었다.

방원중학교는 2002학년도와 2003학년도 2년에 걸쳐서 'EBS 교육방송 활용 방안 연구' 시범학교로 이미 지정이 된 학교였다. 전 학년도 12월에 교육청에서 시범학교 공모를 했는데, 학교에서 공모에 응해서 합격했기에 이루어진 결과였다.

EBS 교육 방송 활용은 학생들에게 교육적으로 도움이 되는 것은 누가 봐도 확실했다. 그리고 방원중학교는 26학급에 급당 인원이 30명 미만이어서 학교 재정도 어려운데 시범학교 운영비가 내려오면 학교경영에 재정적인 도움이 되어 학생들과 학교 운영에 긍정적인 효과가 있는 것은 사실이었다.

선생님들과 긍정적인 대화를 나눈 결과, 많은 선생님께서 협조해 주셔서 시범학교 운영은 순조롭게 진행되었다.

3월 중순에 학교운영위원회 조직을 위한 교감 연수가 본청에서 실시되었다. 그동안 학교운영위원회에는 별 관심이 없었다. 그런데 연수를 받으면서 생각해 보니 학교운영위원회에서 교감의 존재는 참고인 신분이었다. 학교장이 당연직이면 교감도 당연직인 것이 바람직하다고 생각했다. 법에 교감이 당연직이 아니라면 교원 위원으로 출마라도 해야 하지 않을까 고민이 되었다.

밤새 고민하다가 그다음 날 교장 선생님께 출장에 대해 보고드리고 이어서 제가 운영위원회 교원 위원으로 출마하겠다고 말씀드렸다. 교장 선생님께서 흔쾌히 수락해 주셨다.

교원 위원은 나를 포함해서 4명이 출마했다. 정원이 3명이라 1명은 탈락해야 하는데 조금 걱정이 되었다. 선거는 투명하고 철저하게 진행되었다. 선거관리위원회에서 투표 장비를 모두 빌려와서 대통령 선거에 버금가게 실시했다. 매우 모범적이라고 생각하면서 투표하고는 퇴근 시간에 딱 맞추어 퇴근했다.

집에 와서 잡념을 없애기 위해 집안일을 열심히 했다. 교무부장님한 테서 전화가 오지 않아서 포기하고 있는데, 압도적으로 당선되었다는 전화가 왔다.

4월에 접어들면서 학교 환경 정리를 시작했다. 복도 게시판이 엉망 이어서 국어 선생님과 영어 선생님의 도움을 받아서 시화 액자를 만들 어 붙였고 행정실장의 도움을 받아 꽃을 사서 복도와 계단을 장식하고 하루에 한 번씩 매일 물을 주었다. 선생님들도 좋아하고 학생들도 무 척 행복해했다.

5월이 되어 학교도 어느 정도 안정이 되었고, 교육활동도 순조롭게 이어져 갔다. 교감의 역할에 만족하고 행복해하면서 2학기에는 대학원 에 가서 새로운 공부를 해 볼 준비를 했다. 내가 가고자 하는 대학원은 토요일 오후에 수업하는 대학원이었다. 시험을 본 후 합격하여 9월 학 기에 등록했다,

누구에게도 피해를 주지 않으려고 토요일 오후에 대학원에 가서 피 교육자 신분으로 공부하면서 젊은 선생님들과 교우관계를 맺고 토론도 하고 놀기도 하면서 재미있게 지냈다.

2003학년도에도 시범학교 운영을 열심히 해서 늦가을에는 발표하 고 많은 성과를 거두었다. 연구 인원이 제한이 없는 시범 연구 학교여 서 원하는 교사들은 모두 연구에 참여하고 그 보상도 주어졌다. 그 덕 분에 승진 준비를 하던 분은 한 발자국 더 승진의 입구에 가까워지게

되었다.

2004학년도 운영위원회 조직 때는 아예 무투표로 당선되어 나는 4년 교감 재직 시절 모두 운영위원회 교원 위원을 할 수 있었다. 무엇보다 교장 선생님이 좋아하고 행정실장도 좋아했다. 교감이 여러 위원의 사이를 부드럽게 조정하고 회의 진행 시 어려움이 있으면 답변도 하고 여러 가지 면에서 완충 역할을 했다. 운영위원이 된 이후로 많은 학교에서 교감도 교원 위원을 하기 시작했다. 좋은 본보기가 된 셈이다.

학교 교육 활동을 열심히 하면서 연구나 연수도 부지런히 받은 결과 교장 연수 대상자가 되었다. 또 피교육자 신분으로 열심히 공부할 수밖에 없었다. 교장 강습은 학교 업무 없이 전일제로 서울대학교에서 강습받았다. 교감 연수보다는 걱정이 덜 되었다. 연수생들끼리도 화합하는 분위기여서 편안한 마음으로 연수를 마치고 학교에 복귀했다.

2005학년도도 큰 어려움 없이 교육활동을 열심히 하고, 2006년 3월 1일 자로 교장 발령을 받았다.

(2015)

드디어 교장 되다

2006년 3월 1일 자로 서울 난곡중학교 교장으로 임명되었다. 발령 소식이 보도 자료에 나오니까 여기저기서 축하 전화가 왔다. 하지만 축하와 함께 걱정과 염려의 전화가 더 많았다. 나는 교장이 되어서 기쁘기도 하지만 잘할 수 있을지 걱정되었다.

난곡중학교는 독산동과 신림동에 걸쳐있는 오래된 낡은 학교로서 38학급의 중급형 학교였다. 학생들은 독산동에서 배정받아 대부분 마을버스로 등교하고 걸어서 오는 학생들도 꽤 있었다. 학교는 금천구 소속인데 금천구의 끝에 있고 일부 학교 부지는 동작구에 소속되어 있어서 통학 여건이 매우 불편했다.

자연 지각생도 많고 학교 분위기도 어수선하여 안정감이 없어 보였다. 교사는 3개 동으로 되어 있어서 순시도 힘들고 시간도 많이 소요되는 구조였다.

그래도 힘차게 도약하는 교장으로 출발하였다.

아침 일찍 출근하여 밤사이 학교가 안녕한지 문안을 여쭙고, 학교 구석구석을 살폈다. 넓은 학교를 야간 기사 한 분이 지키는 것이 항상 걱정되었다. 원래 소심하고 걱정이 많아서 더욱 학교 관리에 신경을 많이 썼다. 학생들이 한 둘씩 등교하면 학생들을 반갑게 맞이하고 사랑하는 마음으로 지도하려고 노력을 기울였다.

선생님들이 출근하면 교장실로 들어와 행정업무와 그날그날의 일들을 확인해 보고 학교 발전과 교육 지원을 위해서 여러 가지로 연구하고 협의하고 실천하려고 노력했다. 가끔 지혜가 부족해 버겁기도 했지만, 학교에 계신 선생님들의 교육활동과 도움으로 나의 교육적인 이상을 펼쳐보고 많은 성과도 거두었다.

학교 교육에서 가장 중요한 교육 덕목은 학생들의 안전을 지키는 업무이다. 1,000여 명이 훨씬 넘는 학생을 방학과 휴일을 제외하고 안전하게 보살피는 일은 쉬운 일이 아니다. 100여 명의 교사와 행정직원들이 모두 최선을 다해서 노력해야 한다. 특히 학교 행사로 학생들이 학교 밖으로 나가서 체험 활동을 할 때가 가장 걱정스러웠다. 시작 전부터 완벽하게 준비하고 빈틈없이 진행해도 어딘가에 허점이 있을 수 있다. 그리고 천재지변 등의 악재를 만날 수도 있어서 심신을 다 바쳐서 교육에 임해야 한다. 이런 신념에 힘입어 교육활동은 원만하게 이루어졌다.

이렇게 매일 매일 피나는 노력으로 교육활동을 한 결과, 학생들은 입학과 졸업을 번갈아 하면서 4년이란 세월이 흘렀다. 4년 동안 큰 과오 없이 교육의 성과를 올릴 수 있었던 것은 전 교직원의 헌신적인 노력과 학생들의 자발적인 학습과 학부모들의 학교를 사랑하는 마음이 뭉쳐서 이루어낸 결과물이었다. 학교 운영위원도 운영위원장을 중심으로 잘 도와주셨다. 그분들 모두에게 감사드린다.

(2015)

중임과 퇴임

교장으로서 4년의 업무를 무사히 완수하고 교육활동이 잘 이루어져 임기를 마치게 되었다.

정년퇴직이 6개월 남아서 중임 신청을 했더니 2010년 3월 중임 발령이 났다. 중임 발령이 나지 않으면 사표를 내거나 원로 교사로 발령을 받아야 해서 걱정했는데 다행이었다.

2010년은 8월 말이 퇴임이어서 퇴임 준비를 해야 하는데, 본교는 교장 초빙학교로 지정이 되었다. 나는 초빙 교장 선임 문제로 고민이 많았는데 어떤 분을 모셔야 학교가 더 발전할 수 있을 것인지를 중요하게 생각하였다.

다행히 훌륭하신 분이 합격하여 홀가분하게 정년을 맞이할 수 있었다. 4년 반 동안 화합하는 분위기에서 별 탈 없이 만족스러운 학교경영을 했다고 자평해 본다.

정년을 맞이하여 교육청에서 대통령 훈장을 상신하여 황조 훈장을 하사해 주셨다.

가문의 영광이요 교직 생활의 보람이었다.

긴 세월 잘 키워주시고 공부시켜 주신 부모님께 깊이 감사드린다. 부모님께서 딸이 교장이 되는 것을 보시고 4년 6개월 동안 그 임무와 책임을 무사히 완수한 후 정년을 맞이하고, 훈장까지 받는 것을 보시면 무척 기뻐하실 텐데, 이 기쁨을 보시지 못하시고 돌아가신 것이 몹시 아쉬웠다.

기쁜 일이 있을 때나 어려운 일이 있을 때는 항상 부모님이 그립다. 나는 힘들 때면 아버지를 떠올리면서 항상 의논하고 기쁨과 어려움을 함께 나눈다. 특별히 믿는 종교가 없는 나에겐 부모님이 곧 신앙이다. 항상 기도드리는 마음이다. 살아 계실 때도 잘 보살펴 주시고 돌아가셔도 내 마음속에 살아 계시면서 나를 격려하고 도와주신다. 학교는 정년이 있어서 정년과 함께 끝나지만, 부모님은 내가 하늘나라로 갈 때까지 항상 내 마음속에 함께하실 것이다.

하늘나라에서도 만날 수 있기를 기대해 본다.

(2015)

운영위원장

2012년 3월 친구인 구자인 교장 선생님께서 문래중학교로 발령이
났다. 구 교장 선생님께서 학교운영위원회 지역위원으로 문래중학교
의 교육활동을 도와 달라고 말씀하셨다. 희망자가 많지 않아서 무투표
로 당선이 되고 운영위원장 선출에서 운영위원장으로 당선이 되었다.

손자를 보살펴야 해서 곤란했지만, 구 교장 선생님의 뜻에 따라 문
래중학교 운영위원회 운영위원장으로 다시 학교 교육활동에 참여하게
되었다.

정년을 끝내고 다시 학교 교육활동에 참여하니 감회가 새로웠다. 문
래중학교는 학교 규모도 작고 학생들의 질도 우수하고 안정적으로 학
교가 운영되어서 어려운 문제 없이 위원장의 역할을 할 수 있었다.

2년의 임기를 채우고 그다음 해 지역운영위원의 역할을 강력하게 고
사했다. 남편 직장이 순천에 있고, 남편의 건강이 좋지 않아 순천으로

이사 와서 거주하게 되었기 때문이다.

이렇게 해서 나의 교육활동은 대단원의 막을 내리고 지금은 손자 돌보기와 요가 및 산책 등등으로 평화로운 노년을 보내고 있다.

70여 년의 긴 인생이 모두 나의 수필 속에 녹아 있다. 수필이 곧 내 삶의 역사이면서 추억인 것 같다. 부끄럽고 민망하지만 그래도 글쓰기를 잘한 것 같다.

(2015)

백미와 수필집

2024년 갑진년은 나에게 특별한 의미가 있는 해다.

50년 전 1월에 결혼해서 어른이 되었고 11월에 첫아이를 출산해서 엄마가 되었다. 그리고 나의 수필 문학의 산실인 백미문학이 30주년을 맞이한 뜻깊은 해다. 그 기념으로 며칠 전에 백미 문우님들이랑 여주로 문학기행을 다녀왔다.

세월이 얼마나 빠른지 내가 백미문학회에서 처음 만났을 때만 해도 곱고 싱싱하던 청춘들이 모두 들판의 잘 익은 벼들처럼 알알이 영글어 지성과 덕성을 고루 갖춘 원숙한 문인들로 변모하였다.

문우들의 한마디 한마디가 모두 시이면서 수필이고 문학이다. 마음씨는 천사들이고 글재주도 대단하지만 여러 가지 재주를 두루 갖춘 인재들이 많다.

여주에 도착해서 먼저 세종대왕 박물관에서 세종대왕의 위대한 업

적을 돌아보고 영릉에 참배했다. 한정식으로 푸짐하게 점심을 먹은 후 축하공연으로 시 낭송을 비롯하여 대금, 하모니카, 플루트 등의 연주가 이어졌고 악기 연주에 맞추어 노래도 부르는 등 행복한 시간을 함께 즐겼다.

오후엔 신륵사를 관람하고 황포 돛단배를 탈 계획이었으나 시간 관계로 생략하고 박물관으로 이동해서 문화재에 푹 빠져 열심히 공부했는데 해설사가 정말 해설을 잘하는 해박한 달변가여서 감탄했다. 나는 남한강에서 배를 타고 낭만을 만끽하고자 했는데 조금 아쉬웠다.

그동안 백미문학에 올린 글들과 서울특별시교육청 영등포평생학습관에서 주관한 교육 생애사에 실린 글들을 합하면 책 1권 분량은 될 듯해서 수필집을 출간하면 좋을 것 같은데 계속 망설이고 있었다.

마침 순천시 도서관운영과에서 2024년 시민 책 출판비 지원 사업을 한다고 해서 원고를 정리해서 공모에 도전했더니 출판비 지원 대상자가 되었다. 감사한 마음으로 열심히 원고를 정리하고 다듬어서 수필집을 출판하게 되었다.

박상주 회장님께서 친구를 통해 일송(一松)이라는 아호도 지어주셨고, 추천사도 근사하게 보내주셨다. 회장님은 나의 수필의 길잡이이시고 수필가로 등단하도록 추천해 주신 스승이요 은사님이시다. 깊이 감사드리는 마음이다.

내가 이렇게 글공부도 하고 교장 역할도 훌륭히 할 수 있도록 잘 키우고 많이 가르쳐 주신 부모님께 존경하는 마음을 담아 고개 숙여 감사드린다. 책이 나오면 제일 먼저 아버지께 자랑하고 싶은데 제일 기뻐하실 아버지께서 아니 계시니 훈장과 함께 나란히 기념관에 전시해야겠다.

나는 정말 행복한 딸이요 엄마이며 할머니다. 복 많은 아내이고 누나이다. 앞으로 더욱 겸손한 마음으로 수신제가하고 건강한 노년을 보내도록 최선을 다해 노력해야겠다.

2024년은 나에게 정말 멋진 한 해인 것 같다.